KB133421

죽이는 사업아이템 62가지

김승현 저

죽이는 사업아이템 62가지 김승현 저

현직에 있는 사업가가 구상한
실전에 사용 가능한 천억 원 가치의 사업아이템 공개!

누구나 적은 돈으로 바로 할 수 있는 사업이 안 되는 이유는 누구나 할 수 있기 때문입니다.
식당,카페,치킨집을 하기 전에 이 책을 먼저 읽어 보시기를 권합니다.

HAUM
하 움 출 판 사

치킨집, 커피전문점, 식당 차리실 거면
이 책을 보지 마십시오.

내가 아니더라도 누구나 할 수 있는 일에 소비자들은 많은 돈을 지불하지 않을 것입니다. 이 책은 레드오션 시장 속에서 그나마 블루오션 사업을 찾아낸 사업기획서입니다.

18년 동안 각종 사업을 하면서 체득한 노하우들, 그 동안 주변 사업자들의 성공을 보면서 하고 싶었던 사업들, 또 이론상으로 구상만 하고 하지 못했던 사업들을 한권의 책으로 모아서 공개하려고 합니다.

학생들이 모이면 학교 얘기, 친구 얘기를 하고 주부들끼리 모이면 애들 얘기, 남편 얘기, 직장인들끼리 모이면 승진 얘기, 회사 얘기를 하듯이 사업하는 사람들끼리 만나면 사업 얘기를 합니다. 사업하는 사람들끼리 하는 사업 얘기는 해도 해도 끝이 없이 재미있습니다. 왜냐하면 성공한 사업가들이 하는 사업 얘기는 거의 실현 가능성이 많고 현실이기 때문입니다.

이 책은 단순히 이론적으로 공부해서 만든 사업 아이템 얘기가 아닌 실전에서 성공한 사업가들끼리 통용되는 사업 얘기들로 구성되어있습니다. 이 책에 기술된 어떤 사업 아이템은 외부에 유출되면 안 되는 내용도 있을 수 있습니다. 예전에 들은 얘기로 김 사장만 알고 있고 절대 유출하면 안 된다는 내용도 간혹 있습니다. 하지만 세월이 지나서 지금은 책으로 오픈해도 상관은 없을 것입니다.

또 이 책에 오픈된 사업 아이템들 중에는 하나에 천만 원씩 사겠으니 오픈하지 말아 달라고 하는 아이템도 있습니다. 하지만 저는 책을 통해서 더 큰 가치를 창출하고 싶어서 출간을 결심하게 된 것입니다.

제가 생각하는 성공하는 방식은 끊임없는 개선이라고 봅니다. 진화론 적으로 침팬지, 고릴라, 인간은 같은 조상에서 분화되었습니다. 그중에서 세계를 지배한 것은 인간인데 그 차이점은 무엇일까요? 인간은 끊임없이 진화를 해서 발달해왔다는 것입니다. 침팬지는 10만 년 전에도 침팬지 이었습니다. 진화를 통한 발전이 없었죠. 그래서 인간에게 지배를 당하는 것이겠죠.
사업도 비슷하다고 생각합니다. 현재 자기가 하고 있는 사업을 개선하지 않고는 새로운 창업자에게 내 자리를 빼앗기게 됩니다. 이건 18년간 사업을 해오면서 필자가 주변에서 실제로 경험해왔던 일들입니다. 그럴 때 저는 인간과 침팬지의 비유를 말해줍니다.
다들 저를 이상한 사람으로 보겠지만 마땅한 비유가 없더군요.

새로운 창업도 중요하지만 현재의 사업을 끊임없이 개선하는 것도 성공의 길일 것입니다.
그럼 이 책을 읽는 모든 분들이 한 달에 1억씩 벌기를 바라며-

차례

차례

1+1개념의 안경전문점 프랜차이즈

블루라이트 차단안경을 하나 더 주는 안경 비즈니스

국내 안경시장의 규모는 2012년 기준 2조 3천억 원대인데 안경점 수는 계속 늘어나는 추세이다. 한국 안경신문 조사결과에 따르면 2017년 5월 전국의 안경원 수가 모두 10014개인 것으로 집계됐다. 이는 2년 전 8975개와 비교할 때 1039개가 증가한 것으로 조사 이래 처음으로 1만개를 돌파한 것으로 나타났다. 경기가 안 좋아지고 있는 상황에서도 안경점 수는 증가 추세이다.

안경점은 안경사 자격 취득자만 점포를 낼 수 있기 때문에 다른 사업에 비해 레드오션이 늦게 오는 경향이 있는데, 안경점 프랜차이즈의 통계 자료를 보면 아래와 같이 점포당 매출액도 양호한 편이다.

■ 안경프랜차이즈 관련 주요 지표 자료)통계청

	2013년	2014년	2015년	증감율(%)
가맹점수(개)	2012	2211	2531	14.5
종사자수(명)	5368	6266	7080	13.0
가맹점당종사자수(명)	2.7	2.8	2.8	0
가맹점 매출액	5696억1700만원	6142억9200만원	7397억9800만원	20.4
가맹점당 매출액	2억8310만원	2억7780만원	2억9230만원	5.2
종사자 1인당 매출액	1억610만원	9800만원	1억450만원	6.6
가맹점 영업이익률	11.6	14.7	16.7	2.0

안경점 사업을 하려면 필수적으로 안경사 자격이 있어야 하는데 최소 전문대학 안경관련학과를 졸업하고 안경사 시험에 합격을 해야 안경사자격을 취득할 수 있어 어느 정도 진입장벽이 있다고 할 수 있겠다. 그 만큼 타 업종보다 경쟁은 덜한 편이라 과정이 어려워서 그렇지 한 번 진입하면 사업하기는 좀 수월한 편이라고 할 수 있겠다.

안경사 및 안경사 자격 취득과정을 보면 아래와 같다.

안경사

안경사는 대학교(4년제) 및 전문대학(3년제)에서 안경광학을 전공한 후 국시원에서 시행하는 안경사 국가시험에 합격하여 보건복지부 장관의 면허증을 발급받은 자를 말한다.

안경사 자격시험 안내

응시자격

안경사는 대학교(4년제) 및 전문대학(3년제)에서 안경광학을 전공

안경광학과 학사편입의 경우 4년제 졸업(예정)이상의 학력

응시과목(문제수)

* 필기시험1 시광학이론(85)

* 필기시험2 의료관계법규(20)

* 필기시험3 시광학응용(85)

* 실기시험(60)

합격기준

필기시험: 전 과목 총점의 60퍼센트 이상, 매 과목 40퍼센트 이상
　　　　　　득점한 자

실기시험: 만점의 60퍼센트 이상 득점한 자

합격통계

2017년 기준 1787명 응시/1338명 합격/ 합격률: 74.9%

　　　본 사업 아이템은 안경점은 아니고 안경 프랜차이즈 사업계획
이다. 그러면 먼저 안경 산업의 구조를 알아야 하는데, 안경은 크
게 안경테, 안경렌즈, 콘택트렌즈 이렇게 나눌 수가 있다.

이 중 콘택트렌즈는 제작의 난이도가 있어 기술력을 필요로 하므
로 생산업체가 마진을 많이 가져가는 구조이다. 하지만 안경테,
안경렌즈는 기술이 평준화 되어있어 유통단계에서 마진이 많은
구조로 이해하면 되겠다.

먼저 안경테의 경우 생산원가를 1만 원으로 보면 도매원가는 3배인 3만 원이 되고 소매가는 12배인 12만 원으로 보면 된다. 안경렌즈의 경우 생산원가 3천원으로 보면 도매원가는 1만 원이 되고 소매가는 7만 원으로 보면 된다. 안경렌즈가 마진율은 좀 더 높다.

콘택트렌즈의 경우는 생산원가를 따지기가 좀 힘든데 재료비를 10원으로 보자면 도매원가는 23000원이 되고, 소매가는 4만 원이 된다.

콘택트렌즈의 생산가격은 사실 산정이 힘든데 어떤 매체에서는 7원~10원이라고 하는데 그건 말이 안 된다. 그런 계산방식이라면 10만 원짜리 반도체 칩의 원가를 재료비인 100원 정도로 봐야 하는 오류를 범하게 된다. 하지만 기술 개발만 되면 생산 단계에서의 마진율은 상상을 초월하는 것이 콘택트렌즈인 것이다.

이런 사업구조를 이해한다면 안경 프랜차이즈를 어떤 방식으로 운영하고 마케팅을 어떻게 해 나가고, 콘셉트는 어떻게 잡아야 할지 판단이 설 것이다. 이 사업 구조에서 안경 프랜차이즈는 도매업체로 보고 사업 구상을 하면 된다.

스페어 안경을 하나 더 주는 콘셉트는 이렇다. 안경을 쓰다보면 렌즈가 흠집이 난다든지, 안경테가 부러진다든지 하는 사태가 벌어진다. 그래서 안경을 다시 수리한다든지 아니면 새로 사야 하는 경우가 발생하는데, 본 아이템은 스페어 안경을 하나 더 주는 개념이다.

이런 스페어 안경은 도매사업자가 소매사업자에게 마진을 안 붙이고 주는 것이다. 어차피 원가는 10% 미만이므로 고객에게 덤으로 하나 더 줘도 부담이 없다. 안경은 고객들이 가격을 깎는 경우가 허다한데 이거나 그거나 똑같은 것이다. 가격이 깎일 바에야 스페어 안경을 하나 더 준다면 매우 고마워할 것이다.

또 스페어 안경은 블루라이트를 차단하는 기능을 넣는다면 더 좋을 것이다. 일반 안경에 블루라이트를 차단하는 기능을 넣게 되면 시야가 흐려져서 일상생활에서의 장기착용은 좀 힘들다. 그래서 블루라이트 차단 기능을 최소로 넣는다든지 할 수밖에 없는데 그렇게 되면 차단효과가 많이 반감하게 된다. 그러므로 블루라이트 차단 안경은 별도로 하나 더 구매할 수밖에 없는데 그러면 많은 비용이 들어가게 된다.

일상생활 중 블루라이트를 많이 접하는 때는 스마트폰을 볼 때, TV를 볼 때, 컴퓨터를 볼 때 등 화면이 나오는 기기를 볼 때 블루라이트에 노출된다. 그러므로 블루라이트 차단 안경은 이럴 때 유용하게 쓸 수가 있다.

이런 1+1의 마케팅 방식은 다른 분야에서도 굉장한 성공을 거두었는데 호식이 두 마리 치킨 같은 경우 2013년 가맹점 700호점을 내고 2014년 가맹점 1000호점을 낼 정도로 한 번에 급성장을 했다. 치킨이 성공했던 이유는 치킨 소매가격 19000원 중에 들어가는 닭은 도매마진을 붙이지 않고 공급했기 때문인데, 실제로는 더 큰 성공을 거두게 된다. 닭 공급에서 마진을 취하지 않고, 가맹비나 주변물품 공급에서 마진을 남겼기 때문이다.

아래는 안경 프랜차이즈의 2008년 현황이다.

2008년 안경 프랜차이즈 정보공개서

	매출	영업이익	당기순이익	가맹점
공팔공안경체인㈜	212,818,000	44,640,000	45,423,000	42
㈜다비치안경	27,973,946,000	1,406,080,000	1,066,405,000	120
안경만물기체인	75,226,000	-18,113,000	-18,113,000	14
눈에편한안경콘택트	1,460,900,000	240,439,000	228,184,000	24
㈜일공공일안경콘택트	32,613,738,000	3,409,044,000	1,007,947,000	508
㈜안경나라	2,917,378,000	-290,030,000	-311,200,000	180
㈜아이빌안경콘택트	908,553,000	-300,959,000	-306,449,000	50
㈜안경오케이콘택트	122,508,000	-99,073,000	-94,591,000	39
㈜아이마트안경콘택트	1,212,934,000	13,887,000	12,580,000	45
㈜시채널	1,302,381,000	63,382,000	62,363,000	101
㈜글라스박스	1,506,570,000	82,661,000	75,996,000	91
㈜이노티	2,631,739,000	51,720,000	78,051,000	59
합계	72,938,691,000	4,603,678,000	1,846,596,000	1,273
평균	6,078,224,250	383,639,833	153,883,000	106

단위 : 원 / 출처 : 공정거래위원회 가맹사업홈페이지

  안경 프랜차이즈 업체들도 어느 정도 자리를 잡아서 신규로 사업을 하려면 색다른 콘셉트를 가져야 한다. 1+1 개념의 서비스를 도입한다면 소비자들 간에 큰 호응을 얻을 것이다. 물론 동종 업계에서는 싫어하겠지만 서비스업의 본질은 고객을 위하는 서비스를 하는 것이므로 더 좋은 세상이 될 것이다.

아무래도 1+1안경 프랜차이즈의 핵심 고객들은 안경을 자주 훼손하는 청소년, 초등학생 층이 될 것이며 다른 층들도 다들 호응이 좋을 것으로 기대된다.

9900원 예식장

9900원이라는 파격가에 제공하는 예식장

하객 1인당 9900원을 받는 획기적인 예식장 비즈니스 모델이다. 남는 게 없다고 생각할 수 있겠지만 이건 어쩌면 마케팅용 카피일 수 있다. 물론 실제로 싸긴 싸다.

기존의 예식장 대여 방식은 식대 기준으로 예식장 대여료를 정했다. 500명 기준으로 식대 1인당 3만 원 잡으면 1500만 원인 것이다.

9900원 예식장의 계산방식은 기존 방식과는 틀리다. 9900원은 예식장 대여 비용인 것이다. 식대 비용과 기타 들어가는 모든 비용은 실비 계산 방식으로 추가된다. 그렇다 하더라도 기존 방식과 대비해서 들어가는 비용은 훨씬 저렴하다.

500명 기준으로 계산을 해본 결과 대관료 약 500만 원, 식대 1인당 1만 원 기준으로 500만 원, 헬퍼 비용, 꽃장식 비용 등등을 따로 계산되므로 약 1200만 원 정도가 된다. 이 금액은 기존보다 20% 정도 저렴한 금액이다. 저렴한 대신에 더 많은 횟수의 예식을 진행할 수 있으므로 손해라고 볼 수는 없다. 오히려 9900원 예식장 방식이 이슈화가 되어 더 유명해질 수 있다. 물론 프랜차이즈 예식장까지도 넘볼 수 있다.

보통 잘되는 예식장이 주말 하루 동안 3타임 정도의 식을 치른다. 더군다나 요새는 결혼 하는 커플이 너무 많이 줄어들어서 예식장 2-3개 중에 하나 꼴로 폐업을 하고 있다. 이렇게 폐업할 바에야 9900원 예식장을 한번 해볼 만하다.

9900원 예식장 자체가 마케팅이라서 뉴스 기사 좀 내보내고 하면 금방 유명해질 수 있는 아이템이다. 서울에 예식장 3개 정도만 인수해서 프랜차이즈 방식으로 돌리고 9900원 예식장으로 언론 홍보 좀 하면 금방 꽉꽉 채울 수 있다. 가격이 워낙 싸므로 노후된 예식장도 상관없을 것 같고, 서비스의 질은 크게 신경 쓰지 않을 것이다.

어차피 9900원 예식장을 찾는 고객은 자금이 부족한 그다지 넉넉지 못한 커플들일 것이다. 예식의 질보다는 가격을 선택했을 것이고, 예식의 비용을 절감해서 집 사는데 보탤 그런 커플일 것이다. 돈이 많은 상류층 대상의 비즈니스는 아니라는 것이다.

수익모델

예식장 시스템은 기존과 많이 다를 것이다.

기존 방식은 식대를 계산하는 식대 용지개수x 3만 원 이런 방식으로 비용을 책정했다.

하지만 이 모델은 식장에 들어오는 입장료를 받는 모델이다. 구체적인 수금 방식은 진행하면서 해봐야 할 것 같다. 식대, 꽃장식, 헬퍼 비용, 주차 비용 등은 따로 계산을 해야 한다.

또 예식 스케줄을 11시부터 2시간 단위로 빽빽하게 넣어야 한다. 11시, 1시, 3시, 5시, 7시 등 하루 5타임도 가능할 것 같다. 대관료 수익으로만 5백만 원씩 남긴다 해도 5타임이면 하루 2500만 원의 수입은 올릴 수 있다. 한 달이면 2억2천5백만 원인데 여기서 임대료 5천만 원 정도 내고 인건비 5천정도 잡는다 해도 한 달 1억은 남길 수 있는 비즈니스모델이 탄생한다. 또 홀이 1개가 아니고 2개인 경우 이 금액의 두 배 정도는 간단히 남길 수가 있겠다.

기존과 같이 예약도 안 잡혀서 힘들게 사업하는 것보다 가격 조금 낮추고, 파격적인 것처럼 보이게 해서 꽉꽉 채우는 것이 훨씬 더 많은 수익을 낼 수 있게 된 것이다. 이런 식으로 프랜차이즈 방식으로 몇 개를 더 운영한다면 굉장히 많은 수익을 거둘 수 있을 것으로 보인다.

B2B 사무용품 배달전문점

매장 없이 사무실 단위로 배달만 전문으로 하는 사무용품점

사무실만을 상대로 하는 B2B 사업으로 큰 사무실 같은 경우 토너, A4용지, 봉투 등 필수적인 사무용품 사용금액만 천만 원 단위가 넘는다. 보통 근처 문구점에서 대량으로 싸게 가져 온다든지, 인터넷으로 산다든지 한다. 전문적으로 사무용품만 공급해주는 그런 곳이 없기 때문이다.

보통 사무실에서 많이 쓰는 사무용품은 10가지를 크게 넘지 않는데 제일 많이 쓰는 것이 A4용지, 토너, 잉크, 볼펜, 판촉물 등인데 업종별로 사용하는 빈도 차이가 많이 날 수는 있다.

여기서 중요한 것은 너무 많은 사무용품을 공급하지 말고 금액 단위가 큰 주요 사무용품들을 대량으로 빠르게 배송해주는 것이다.

비즈니스 진행

사무용품 배달만을 전문으로 하므로 별도의 매장은 필요 없고 재고를 쌓아놓을 수 있는 대형 창고만 있으면 된다. 예를 들어 수요가 많은 A4 용지 같은 경우 공장에서 트럭단위로 구매해놓고 주문이 있을 때 배송해주면 된다. 보통 사무실에서 주문이 들어오면 몇 박스 단위로 주문을 하기 때문에 건당 매출이 크다.

그 다음에 토너나 잉크 등이 주문이 많은데 보통 재생토너를 많이 쓴다. 토너를 재생시키는 법은 한두 시간이면 배울 수 있다. 대형 토너액을 사다가 토너에 주입만 시키면 된다. 물론 기종에 따라 난이도가 있기는 하지만 그리 어려운 작업은 아니다.

매출이 중요한데 사무용품을 B2B로 팔 경우 100군데 정도의 사무실만 고정적으로 공급해도 한 달 매출이 몇 억 단위가 바로 넘어간다. 이것이 B2B사업의 매력일 것이다.

이 사업은 분업이 중요한데, 영업파트, 주문, 배송파트, 제작파트, 구매파트로 나누어서 전문화시켜야 한다. 먼저 영업파트에서는 신규 사무실을 지속적으로 발굴한다. 사무실마다 구매 담당자를 만난다든지 사무실마다 전단지를 부착한다든지, 인터넷 광고를 한다든지 사업자 대상으로 이메일을 대량으로 보낸다든지 하는 여러 가지 영업방식을 통해 매달 신규 거래처를 꾸준히 발굴해나가는 것이 중요하다.

주문 배송 파트에서는 원활하게 주문을 처리해야 하는데 자사의 홈페이지나 앱을 통해 오더를 손쉽게 넣을 수 있게 한다. 신규 상품이 업데이트 되면 신속하게 올려놓기 위해서 사이트 등을 이용하는 게 좋다. 그리고 주문 시 이케아 영업방식과 같이 카탈로그를 상품에 넣어주는 방식도 괜찮다. 제작파트에서는 재생토너 제작이라든지 봉투제작이라든지 이런 과정을 기계를 사다가 자동화시켜서 원가를 절감하는 것이 좋겠다.

구매파트너에서는 가능하면 저렴한 가격에 원재료를 구매할 수 있어야 하는데, 시장에 덤핑으로 나온 물건을 잡는 루트도 있어야 하고, 직접 공장을 컨택하여 생산한다든지, 해외 공장 등에서 저렴한 가격으로 가져 올 수 있는 루트 등을 발굴해야 한다. 이케아 같은 경우 재료의 원가절감을 위해서 구매파트는 1년 내내 세계 각국을 누비며 다닌다.

수익모델

이 비즈니스 모델은 대량 구매를 통한 원가 절감이 핵심이 될 것이다. 사무실을 100군데만 고정으로 거래해도 필요한 물량은 몇 억 원어치가 될 것이다. 그러므로 구매파트에서 대량으로 싸게 생산한 물건을 공급해주는 것이 사업의 성패를 가를 수 있을 것이다. 각 사무실에 아무리 싸게 공급한다고 하더라도 상품 마진율은 20% 이상 남게 돼있다. 그러므로 일단 매출을 최대로 많이 늘려가는 게 급선무일 것이다. 월 10억 매출에 10%만 남긴다 해도 월 1억은 남지 않는가? 그러므로 이것이 B2B 비즈니스의 장점일 것이다.

또한 매장을 두고 하는 사업이 아니기 때문에 원가 부분에서도 절감하는 비용이 크다.

골프장부킹 전문사이트

전국 골프장의 부킹대행 서비스

골프부킹 중계사이트는 전국의 골프장들과 연계하여 예약을 잡아주는 비즈니스를 말한다.

국내에 골프장들이 급속하게 늘어나면서 골프장 사용료 또한 많이 내려가게 되었는데, 과거의 골프장들은 대부분 회원권을 구매해야만 골프장을 이용할 수 있는 회원제이었다.

하지만 골프장들이 늘어나면서 회원이 아닌 이용자도 골프를 칠 수 있는 퍼블릭 골프장들이 늘어나게 되었다. 그러면서 생겨난 비즈니스가 골프장 부킹사이트이다.

퍼블릭 골프장이 늘어나면서 골프장도 모객을 해야 살아남을 수 있게 됨에 따라 모객을 전문으로 해주는 에이전시를 필요로 하게 된 것이다. 이런 에이전시들은 인터넷과 앱으로 골프장 부킹정보를 실시간으로 제공하면서 비어있는 시간대에 고객을 채워주는 역할을 하고 있다. 그렇게 되려면 상호간에 이런 실시간 연동이 필수가 되어야 하는데 이런 연동 작업을 인터넷 상으로 정보를 주고받으며 진행하고 있는 것이다.

골프장 부킹사이트를 통해 고객들은 전국의 골프장 정보를 실시간으로 확인이 가능하고 예약 또한 가능하다. 그리고 전국의 골프장의 그린피까지 가격비교가 가능해서 고객들은 보다 저렴한 곳에서 골프를 칠 수가 있는 것이다.

아래는 골프장 부킹 전문사이트의 한 예이다. 보다시피 제휴되어 있는 골프장의 실시간 예약 가능 시간 등과 가격을 조회해 볼 수 있고, 인터넷 상에서 예약도 가능하다. 이런 골프 부킹사이트들은 최대한 많은 골프장들과 연계를 해 나가고 있어, 조만간 국내의 대부분의 퍼블릭 골프장들이 이런 시스템과 연계가 될 전망이다. 이런 실시간 연계 시스템에서 소외 된다면 그만큼 모객이 힘들어져서 큰 타격을 받을 수 있다. 즉 갑과 을이 바뀌고 있다는 것이다.

국내 골프부킹 사이트 중에 1위는 현재 엑스골프인데 2012년
에는 매출액 120억 원에 영업이익 70억 원에 달할 정도로 웬만한
골프장보다 많은 이익을 내고 있다. 또 2017년에는 YG엔터테인먼
트에 315억 원에 인수될 정도로 높은 가치를 인정받고 있다.

비즈니스 진행

골프부킹 사이트의 핵심은 골프장들과 실시간 연동이 중요하다.
하지만 처음부터 연동은 힘들고 골프장들과 직접 연동되어 있는
에이전시에서 도매로 물량을 받아오면 된다.

물론 직접 연동보다는 수익이 적겠지만 실시간 데이터도 받을 수
있어서 서비스하는 데에는 지장이 없다. 또 이런 시스템을 구축해
주고 월비용을 받는 곳도 있으니 시작하려고 마음을 먹으면 얼마
든지 시작할 수는 있다.

우선 에이전시 몇 군데에서 실시간 데이터를 받아오면 대략 구색
은 맞추어진다. 그런 상태에서 사이트를 홍보하여 회원을 점차 늘
려나가는 방식으로 하면 된다. 회원들이 예약 신청을 하면 중간에
서 관리자가 실제 골프장 측과 확인 작업은 해줘야 한다. 아무래
도 오프라인과 연계된 서비스다보니 예약이 이미 차 있는 경우도
더러 발생하고 예약을 취소해야 하는 경우도 종종 있다. 이런 작
업들은 별도로 매니저들을 고용해서 작업을 해줘야 한다.

골프 부킹사이트는 한 번 이용한 고객은 다시 이용할 확률이 상당히 많다. 그러므로 매니저 한명이 기존 고객 몇 백 명씩을 지속적으로 관리하는 형태로 해 나가면 된다.

신규고객이 늘어나면 또 다른 매니저를 채용해서 몇 백 명의 신규 고객을 지속 관리해 나가서 매출을 이끌어내는 방식으로 해야 한다.

수익모델

1. 주 수익원은 골프장에서 받는 그린피에 대한 수익쉐어이다.

골프장과 직접 연계되어 있다면 팀당 4만 원 정도를 받을 수 있고, 중간에 도매 에이전시를 통한다면 2만 원 정도의 수익쉐어를 받을 수 있다.

엑스골프의 경우 하루 평균 2000팀의 부킹을 처리한 적도 있다고 하니 그 수익은 엄청난 것이다.

2. 골프회원권 수익

골프 회원권을 판매하는 경우도 많은데 이 수익 또한 만만치 않다. 어떤 경우는 몇 개 골프장을 묶어서 자체적으로 골프장 회원권을 발행하기도 했는데 이 수익도 꽤 된다고 한다.

3. 골프여행 수익

겨울 같은 경우 골프장이 문을 닫으므로 동남아 쪽으로 골프 여행을 가는 수요가 많다. 이런 경우 골프 전문여행사 쪽으로 고객을 보내주고 수수료를 받는다.

4.골프장 인수 후 정상화시킨 다음에 재매각

대형골프체인점 같은 경우 많은 골프장 들을 직접 인수하여 골프장을 정상화시킨 다음에 몇 백억의 차익을 남기고 재 매각하는 사례가 있었다. 골프부킹 사이트가 사실 제일 잘 할 수 있는 사업 분야가 이것인데 경영난에 빠진 골프장을 인수하여 부킹을 FULL TIME으로 채워 정상화시킨 다음에 재 매각하는 비즈니스다. 골프장 하나당 몇 십억 원은 충분히 남길 수 있을 것이다.

이와 같이 퍼블릭 골프장이 많아지면서 국내 골프장 사업은 갑과 을이 바뀐 형국이다.

인터넷 등의 광고에 서툰 골프장은 골프부킹 사이트 들이 충분히 예약을 채워주지 않으면 경영이 어려워질 수 있기 때문이다.

또 골프 부킹사이트 사업은 확장성이 뛰어나다. 골프채와 같은 골프용품점들과 제휴도 가능하고, 골프레슨과 연계도 가능하고, 골프연습장들과의 연계도 가능하다.

공유 숙박업 O2O 플랫폼

한국에서 곧 합법화되는 공유숙박업에 따른 O2O서비스

미국에서는 에어비앤비나 우버 택시 같은 서비스가 합법화되어 있지만 한국은 아직까지 둘 다 불법이다. 그래서 우버 택시 같은 경우 한국에서 철수를 했고, 에어비앤비 모델도 한국에서 운영을 못했다. 하지만 2018년 8월 공유숙박이 시범 서비스를 거쳐 연간 180일 한도로 운영이 가능한 법안이 시행될 예정이다.

한국에서는 그 전까지는 외국인은 공유숙박이 가능했으나 내국인에 한해서는 불법으로 묶어두고 있어서 역차별 논란이 이어져왔던 사안이었다. 그런데 공유에 대한 문화가 한국에서 유독 법적인 문제로 서비스를 못하고 있다. 미국, 영국 등 많은 선진국들은 공유 문화가 대부분 합법화되어 있다. 차도 빌려줄 수 있고, 집도 빌려줄 수 있다. 한국은 모두 불법이다.

앞으로 세계의 흐름이 소유의 개념에서 빌려 쓰는 공유 개념으로 점차 인식이 바뀌어가고 있는데 한국도 관련법을 좀 완화해주면 관련 스타트업 기업들이 활성화되어 세계 경제의 흐름에 뒤처지지 않을 것 같다.

에어비앤비의 경우 창업 10년 만에 세계 191개국에서 500만개 이상의 집들이 가입을 하여 공유해나가고 있으며 에어비앤비 고객의 상당수는 여행의 주요한 수단을 호텔이 아닌 숙박공유에 두고 있다. 즉 여행을 가게 되는 주요한 이유 중에 하나가 숙박공유라는 것이다.

여행 중에 일반 집에서 숙박을 함으로써 그 나라의 문화를 느낄 수가 있기 때문이다.

이런 숙박 공유 플랫폼 모델은 몇 가지가 있는데 에어비앤비 같은 경우 수익모델은 예약가격의 6~12%를 고객에게서 받고 숙소 주인에게서 3%의 수수료를 받는다. 대략 한 건 성사 시 10%의 수수료를 받는다고 보면 되는데, 이런 수수료가 모여서 2017년 매출 26억 달러, 순익 9천300만 달러를 기록할 정도였고, 현재 회사 가치는 30조원을 넘어서고 있다.

또 영국에서는 고급형 숙박공유 서비스인 원파인스테이가 인기를 끌고 있는데 고급 주택을 위주로 숙박공유서비스를 하는 곳이다. 보통 하루 숙박료는 15만 원~150만 원에 달한다.

한 때 8천만 달러의 투자를 받기도 해서 화제가 되었었는데 최근에 대형 호텔 체인에 인수되기도 했다.

비즈니스의 진행

이 서비스는 아직 한국에서 법적인 문제로 시행하고 있지 않기 때문에 집주인들의 인식이 없다. 그만큼 초기 진입이 쉽지는 않다.

이런 수익 모델에 대해 이해도가 떨어지기 때문이다. 에어비앤비 같은 경우도 최초 아이디어를 내고 3년 동안 지지부진하게 사업을 했다.

그러다 결정적인 전환의 계기를 마련하는데 집주인이 숙박공유를 통해 얼마를 벌었다는 사실을 SNS에 올렸는데 그게 급속도로 퍼진 것이다. 이런 계기로 인해 사업이 알려지기 시작해서 서비스가 제대로 굴러가기 시작한 것이다.

한국에서도 처음에 비슷한 순서를 밟을 것 같다. 아직 소유의 개념이 강해서 누가 내 집을 사용하는 것에 대한 거부감이 있기 때문이다. 하지만 다른 나라도 그랬듯이 한국도 결국 공유숙박 문화를 받아들일 수밖에 없을 것이다.

수익모델

에어비앤비도 비슷한 수익모델을 가지는데 대략적으로 1건 성사 시 10%의 마진을 생각하면 되겠다. 하지만 에어비앤비가 초창기 미국에서도 그랬듯이 숙박공유가 매출이 오르기 시작하면 정말 순식간에 성장을 이룬다. 하루 거래량이 몇 천 건이 될 수도 있다. 초반에 시스템을 구축하는 게 힘들어서 그렇지 한번 굴러가기 시작하면 정말 엄청난 수익을 가져다줄 것이다.

깔세 O2O 서비스

팝업스토어라고도 하며 비어있는 상점을 빌려주는 단기 임대서비스

깔세라고 하면 어떤 임대방식인지 잘 알 것이다. 보증금을 내지 않고 기존 임대료의 약 1.5배를 내고 단기적으로 임대해주는 방식이다. 부동산에서도 그다지 돈이 되는 건 아니라서 나서서 모객을 하지는 않는 방식이다.

이런 깔세 방식을 팝업스토어라고 하는데 2014년 런던에서 팝업스토어만을 전문적으로 연결해주는 서비스 '어피어 히어'를 오픈하여 대박을 친 회사가 있어 소개한다. 이 서비스는 불과 2년 만에 연 1천 억대가 넘는 거래금액을 달성하여 단숨에 기업가치가 엄청나게 올라갔다.

기본 모델은 숙박공유 비즈니스 모델인 에어비앤비 서비스와 유사하다. 비어있는 가게를 건물주가 팝업스토어 형태로 단기적으로 임대를 내놓는다. 요새는 비어있는 상가들이 갈수록 많아지는데 한정된 인구에 1년에 신규로 분양되는 상가들이 몇 십 만개가 넘기 때문에 상가가 비는 현상은 앞으로 훨씬 더 가속화될 것이다. 그러므로 이런 서비스의 수요가 엄청나게 많아질 것으로 본다.

또한 임차인 입장을 보면 새로운 아이템을 가지고 사업을 하려고 하는데 보통 상가를 얻으려면 보증금, 바닥권리금, 시설비 등 기본 1-2억은 들어가는데 이 아이템이 시장에 먹힐지 어떨지도 모른다. 그래서 사업할 엄두조차 못 내고 있는 경우도 많다. 또 특정 지역에 신규 아이템이 먹히는지를 알기 위한 테스트 타입으로 단기임대를 필요로 할 수도 있다.

그리고 시내 중심가의 팝업스토어들은 브랜드 있는 대기업들의 스팟행사용으로도 많은 수요가 있는데 뉴욕 같은 경우는 코카콜라, 애플, 나이키 같은 경우 단기 행사용으로 팝업스토어를 많이 사용한다고 한다. 또 미국 대기업들도 자사가 보유한 부동산이 장기적으로 임대인을 못 맞출 경우 전략적으로 팝업스토어를 단골로 이용한다고 한다.

아직 '어피어 히어'라는 회사가 뉴욕, 런던, 파리 등만 진출해서 연간 1천억 대를 넘는 거래량을 확보하고 있는데 미국, 영국 등 각 도시들로 영역을 확장할 것으로 보인다. 중계수수료 또한 10~20% 로 많이 받을 수 있다. 경쟁자가 별로 없기도 하고 어차피 비어있는 공간을 임차해주는 공짜 수입이라고 생각해서 인지 사람들은 높은 수수료를 기꺼이 지불한다.

원래 팝업스토어의 유래는 미국의 대형마트에서 생겨났는데, 한 업체가 신규로 매장을 오픈하기 전에 대형 할인매장의 비어있는 공간을 단기로 빌려 쓰면서 의외의 큰 반응과 인기를 모은 것이

시초가 된다.

국내에서도 백화점이나 대형마트 같은 경우 팝업스토어를 오픈해서 많이 하고 있다. 최근에는 베트남 등지에서도 팝업스토어 형태로 대형매장 내에서 운영하는 경우가 있는데 이런 팝업스토어들을 O2O 형태로 중계해준다면 꽤 괜찮은 성공을 거둘 것으로 보인다.

미국이나 영국도 아마존이나 이베이 같은 온라인 쇼핑몰들이 원가에 가깝게 물건을 팔아대고 있어서 오프라인 상점들이 장사가 안돼서 속속 문을 닫는 경우가 속출하고 있다. 한국도 이미 오래전부터 비슷한 현상을 겪고 있는데 신규 상가 점포 물량들이 해마다 쏟아지면서 이런 현상은 더 가속화되고 있다. 요즘 거리를 보면 군데군데 비어있는 상점들이 늘고 있는데 이런 곳들이 다 고객이 될 수 있어 사업의 성장성은 무궁무진하다고 본다.

특히 소자본 창업이나 청년창업을 지원하는 단체들이나 학원들, 정부기관들과 연계해서 수요를 창출해나갈 수 있으리라 본다.

비즈니스 방식

이 사업은 두 개의 파트로 나눠서 진행을 해야 하는데, 한 파트는 비어있는 상점을 발굴해서 정보를 올리는 파트인데 팀을 구성해서 매일 매일 건물주들을 만나 의사를 타진하고 등록하는 일을 해야 한다. 초기에는 이런 비즈니스를 설명하는데 시간도 상당히 걸리겠지만 결국 건물주들은 장기임대가 나가기 전까지 임대료의

1.5배를 받는 부수입을 얻는 방식이므로 싫어하지는 않을 것이다. 다른 한 파트는 팝업스토어에 입점할 창업자들을 발굴해내는 업무를 해야 하는데 청년창업을 통한 일자리 창출이 가능한 비즈니스이므로 정부로부터 지원금도 받지 않을까?

창업을 주도하는 각 단체와 연계도 해야 하고 소자본 창업으로 관련 도매업계와 연계해서 소개도 받고 앱을 통해 홍보도 해나가면 좋을 것이다.

초기에는 이 서비스가 자리 잡기 전까지는 발로 뛰어서 서비스를 알리는 게 핵심일 것이다. 물론 어느 정도 알려지기 시작하면 그때부터는 앱 홍보만 하면 방문자들은 알아서 찾아 올 것이다. 그 단계가 되면 팝업스토어 등록도 건물주가 직접 사진을 찍어서 등록을 할 것이다.

건물주가 팝업스토어 임대 시 주의할 점은 기본적인 인테리어는 되어있어야 한다는 것이다. 페인트칠도 안 된 시멘트벽이라고 한다면 아무도 안 들어올 것이다. 이건 일반 임대물건과는 달리 최소한의 인테리어 설치는 되어있어야 한다.

수익모델

기본적인 수익은 중계수수료일 것이다.

단기는 20% 수준을 받아도 될 것이고, 중장기는 10% 정도를 받으면 될 것이다. 부동산업과 같이 양쪽에서 수수료를 받는 거라서 수수료 수익이 꽤 괜찮다.

또한 팝업스토어 사이트가 활성화된다면 직방, 다방과 같이 정규 임대 수수료도 받을 수 있겠다. 팝업스토어를 하러 들어와서 팝업스토어가 아닌 괜찮은 정규 임대물건을 보고 그것도 계약이 될 수 있으므로 다른 부가적인 수입도 얻을 수 있을 것으로 보인다.

또 팝업스토어라고 해도 매대, 조명 등 가장 기본적인 판매 장비는 있어야 하므로 판매장비 판매나 임대, 설치 등으로 수익을 창출할 수도 있겠다.

납골추모공원

매장 문화에서 화장 문화로 전환되면서 블루오션 사업으로 떠오른 납골당 사업

한국은 국토가 넓지 않아 매장 문화는 적합하지 않다.1900년 대 이후 인구가 급속히 늘어나서 전국의 산마다 묘지가 넘쳐나게 되었는데, 타개책으로 정부에서는 화장 문화를 장려하기 시작했고 납골묘 사업 자체를 권장하게 되었고 대출도 완화시켜주었다. 납골묘 사업은 몇 천 평 정도의 땅을 구매해야 하고, 건물도 지어야 하므로 초기에 자본이 많이 든다. 하지만 대출을 완화해주어 시설의 70%까지 대출이 가능해서 생각보다는 자본금이 아주 많이 들지는 않는다.

전국의 납골묘 현황은 200~300개 정도로 이중 절반 정도가 사설 납골묘이다. 공립 납골묘는 40년 이상 안치하지 못하기 때문에 제한이 없는 사설 납골묘가 더 인기가 많다.

요즘 신축하는 납골묘의 보통 규모는 1만~2만기 정도를 안치할 수 있으며 비용은 개인형 1기 300만 원, 부부형 500만 원 선이다. 프리미엄급은 이 금액의 2배 정도를 지불하면 된다.

납골묘 사업의 가장 큰 이점은 면세사업이라는 것과 자본금 대비 수익성이라고 할 수 있다. 부가가치세 면세업종이다 보니 매출액 대비 이익 규모가 상당하다.

몇 군데 매출을 뽑아봤는데 아래와 같이 투자금 대비 매출액이 크고, 이익도 상당하다.

납골당별 자본금/매출/영업이익

경기도 00추모공원 : 자본금 33억 원/ 매출 연 30~40억 원 / 영업

이익 13~20억 원

경기도 00납골당 : 자본금 25억 원/ 매출 연 80억 원 / 영업이익

20~25억 원

음성의 00납골묘지는 완전 분양 시 1800억 매출이 가능할 정도로 규모도 커지고 있다.

아무래도 이런 장례사업 분야가 기피업종이다 보니 경쟁도 치열하지 않고 초기 자본금도 어느 정도 있어야 하므로 블루오션 사업이라고 할 수 있다. 게다가 납골당 사업자체가 잘 알려지지 않은 사업이라는 이점도 한 몫 한다.

수익모델

1. 납골묘 분양 수익

1기당 기본형 300만 원, 프리미엄형 500만 원 선

부부형 기본형 500만 원, 프리미엄형 1000만 원 선

가족형 (12~18기) 2천만 원 선

2만기 보유 추모공원의 완전 분양 시 1천억 원 가량의 매출을 올

릴 수 있다.

2. 관리비용

관리수당은 보통 연간 10만 원 정도를 받고, 30년 일시납인 경우 300만 원으로 할인해준다. 관리비용도 무시할 수가 없는데 2만기가 다 분양되었을 경우 연 관리비는 20억이 들어오며, 10년으로 따지면 200억 원의 추가적인 수입이 생기는 셈이다.

노는 땅을 시행사에 연결하는 중계서비스

노는 땅에 건물을 짓게 하고 10년 후 건물을 공짜로 증여받는 비즈니스

한국은 미국, 영국과 달리 부동산에서 지상권과 대지권의 권리를 각각 분리할 수 있다.

보통의 부동산은 대지의 소유자와 건물의 소유자가 동일한테 매각이나 상속 등의 사유로 두 개의 권리가 분리된 경우가 가끔 볼 수 있다. 이건 경매시장의 단골손님이기도 하다.

이렇다 보니 지상권과 대지권이 분리된 부동산은 시세도 안 좋을 뿐만 아니라 무조건 반 사기 정도로 치부해버린다. 그래서 여기에 대한 비즈니스가 거의 전무한 상태이다.

하지만 모든 법은 잘만 활용하면 비즈니스 거리가 될 수 있다. 지상권과 대지권이 분리된 부동산 형태를 비즈니스로 재탄생시켜 보려 한다. 비즈니스란 양자가 모두 이익을 가져가면 훌륭한 비즈니스가 성립이 되는 것이다.

법정지상권은 법적으로 토지와 건물의 소유자가 다를 경우, 토지와 건물의 소유자 간에 토지 이용권에 대한 분쟁이 발생될 수 있는데, 이러한 문제를 해결하기 위해 건물 소유자에게 법률상 토지를 이용할 수 있도록 하는 취지로 제도화된 것이다. 대한민국에서는 영미 권과 달리 토지와 건물의 소유권이 별개라는 점에서 생긴 제도이다. 이 제도의 존재이유는 건물이 철거됨으로써 생길 수 있는 사회 경제적 손실을 방지하려는 공익의 실현이다. 법정지상권 존속기간이 30년입니다.

위 내용은 법정지상권에 대한 위키 백과의 사전적 해석이다.

지상권, 대지권에 대한 사업을 하려면 먼저 법정지상권에 대해 공부를 해둘 필요가 있는데 오히려 전문적인 지식을 습득하고 있다면 이걸 응용해서 훌륭한 사업으로 이끌어낼 수 있다.

우리나라가 부동산이 비싸다고 할 수 있으나 거리를 가다보면 아직도 군데군데 땅만 있고 지어지지 않은 건물들이 많다. 보통의 경우라면 건물이라도 지어서 수익을 올리고 싶겠지만 어떤 사유에서인지 그렇게 하지 않는 경우도 많다.

본 비즈니스의 취지는 이렇게 노는 땅을 시행사에 연결해주어 건물을 짓고 월 임대료를 받는 방식과 일정 기간 후에 건물 자체를 땅 주인에게 양도하는 비즈니스이다.

이런 비즈니스가 가능한 이유는 수학적인 계산에 의해서이다.

서울 지역을 기준으로 하면 보통 부동산 금액의 70%는 땅값이고 30% 정도만 건물 값이다.

100억짜리 건물의 70억은 땅 값인 것이고, 나머지 30%만 건물 값으로 보면 된다.

노는 땅을 빌려서 오피스건물을 짓고 10년 후 건물주는 건물을 땅 주인에게 무상으로 증여를 한다. 이렇게 되면 둘 다 엄청난 이익을 얻게 된다. 이 계산을 한번 수학적인 계산으로 해보겠다. 예를 들어 100억짜리 오피스 건물을 짓는다고 가정해보자. 그 중 30억만 건축비로 보면 된다. 100억짜리 오피스건물이면 매월 5% 정도의 임대료를 받을 수 있다.1년이면 6억 원의 임대수익이 생기는 것이다. 10년이면 60억 원의 임대료를 벌 수 있다. 건축주는 30억을 투자하고 10년 동안 60억 원을 가져갈 수 있는 것이다. 또 초기비용은 30억 원의 절반만 있어도 된다. 은행에서 15억 정도는 대출을 받을 수 있기 때문이다. 15억 자본금으로 3년 정도면 은행 대출 다 갚고 42억 정도의 임대 수익이 발생하므로 15억을 가지고 10년 간 42억 원을 버는 것이다.

토지 주인 입장에서도 매우 행복한 비즈니스이다. 누군가 찾아와서 내 땅에 건물을 지어 주고, 10년 후 건물을 무상으로 증여하겠다고 하니 횡재를 한 셈이다.

이렇게 건물 증여 방식이 아닌 임대료 수익쉐어 방식으로 가도 상관없다. 어차피 법정지상권은 30년으로 매우 길다. 그때 쯤 이면 건물도 재건축을 해야 할 정도로 매우 낡았을 것이다.

토지주와 건물주가 15년 정도의 기간을 잡고 임대료를 반반씩 수익쉐어한 다음 20년 후 건물을 토지주인에게 무상으로 양도하는 방식이다. 임대료를 수익쉐어하는 걸 건물을 짓고 나서 3년이나 5년 후부터 수익쉐어로 가면 적당하겠다. 건축주는 건물을 지을 때 들어가는 건축비의 절반 정도는 뽑아서 은행 대출을 먼저 갚아야 하므로 몇 년의 기간 후에 수익쉐어로 가는 게 좋겠다.

건축주 입장에서는 15억의 자본을 투자하고 15억은 은행대출을 받아 건물을 짓고 3연간 우선 은행 대출을 갚고, 그 이후부터 임대수익 6억 원 중 3억 원을 받는 방식이다.

이후 12연간 3억 원을 받고 그 이후에는 토지주에게 건물을 무상으로 증여를 한다. 이렇게 하면 12연간 수익 36억 원 중 자기자본 15억 원을 빼면 21억 원의 순수익이 발생한다.

건축주는 대만족을 할 것이다.

토지주 또한 놀고 있는 내 땅에 건물을 지어주고 3년 후부터 매년 3억 원의 임대수익을 안겨주니 그야말로 대박이 아닐 수 없다.

수익모델

토지주와 건축주를 연결해주어 건물을 짓고 여기서 발생하는 임대 수익의 3% 정도를 매년 받는 방식의 플랫폼을 만들면 되겠다.

연간 임대수익이 6억 원이라고 하면 이 금액의 3%인 1800만 원을 매년 중계 수수료로 받는 것이다. 10년이면 1억 8천만 원일 것이다. 사업이 잘 돼서 이런 중계를 100건만 헌다해도 연간 18억 원의 수익을 올릴 수 있다.

처음에는 토지주나 건축주들이 긴가 민가할 것이다. 이렇게 해서 진짜 돈을 버는 게 가능한지 의심을 많이 할 것이다.

에어비앤비도 초기 이런 딜레마에 빠졌다가 어느 집주인이 자신이 올린 수익금을 SNS에 공개하자 수많은 집주인들이 수익을 올리기 위해 자신의 집을 빌려주었다.

이 비즈니스도 마찬가지일 것이다. 어느 노는 땅을 가진 토지주가 자기 땅에 건물을 짓게 하고 연간 몇 억 원의 수익을 올린 것을 SNS 등에 공개한다면 수많은 토지주들의 문의가 빗발칠 것이다.

그러므로 이 비즈니스로 토지주와 건축주 양자가 돈을 벌 수 있다는 확신을 현실로 보여주는 것이 이 비즈니스의 핵심일 것이다.

농산물 산지판매 지도

농산물의 산지판매를 하는 농장을 지도 형태로 소개해주는 앱

농산물별로 산지에서 바로 판매하는 곳들을 지도상으로 정리해서 보여주는 앱 서비스로 사과, 배, 딸기, 블루베리 등의 농산물을 생산하는 곳을 소비자에게 바로 연결해주는 시스템이다.

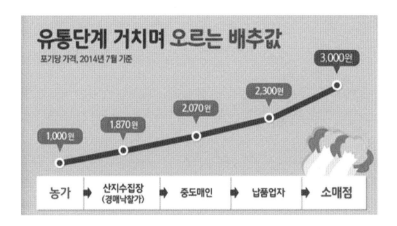

농산물 유통단계를 보면 "농민 – 수집상 – 농산물중도매 – 소매 – 소비자"의 4단계를 거치는 것이 일반적이다.

이렇게 많은 단계를 거쳐야 하는데 각 유통단계마다 20-30%의 마진이 붙어서 최종 소비자에게 농산물이 오게 되다 보니 애초에 농지에서 출하된 가격의 3배 이상의 유통마진이 붙게 되어 구매가격은 높게 형성될 수밖에 없다.

그래서 이런 유통단계 없이 산지에서 직판하는 곳들을 가끔 볼 수 있는데, 직판하는 곳들이 그렇게 잘 되는 것은 아니다. 그냥 지나가다가 구매하는 정도의 수준에 머물렀었고, 이걸 전문적으로 마케팅해주고 소개해주고 하지도 않았기 때문이다.

본 서비스는 각 농산물 별로 산지판매가 가능한 곳들을 발굴하고, 고객들에 소개를 해서 소비자들이 차를 가지고 가서 구매하도록 하는 틈새시장을 만든 것이다.

서비스의 구성

서비스는 앱으로 하는 것이 효율적이며, 우선 소비자가 구매하려는 농산물을 선택한다. 배추를 선택했다고 하면 소비자가 거주하는 지역을 검색하여 배추를 산지에서 판매하는 곳을 지도상으로 보여준다. 고양시라고 하면 고양시 지도상에 해당 산지들의 위치를 보여준다. 구매자는 그곳을 내비게이션으로 찍고 이동하여 배추를 구매하는 방식으로 서비스가 구성되어 있다.

고객이 보는 인터페이스는 굉장히 간단하다. 그냥 단순히 농산물 품목을 선택하면 가까운 거리의 농산물 판매점의 위치가 보이므로 차를 가지고 가서 구매하면 그만이다.

비즈니스의 단계

이와 같은 농산물산지를 발굴하기가 최초에는 가장 힘든 단계일 것이다. 특히 농촌은 인터넷 등의 시스템과는 거리가 멀기 때문에 이런 O2O서비스를 하기까지가 시간이 상당히 소요될 것이다. 또한 나중에는 유료로 서비스를 해야 하는데 과금을 하기까지의 난관도 많을 것이다. 그래서 이쪽 분야가 O2O서비스가 정착을 못한 것일 수도 있다. 하지만 시작이 어려운 만큼 시작하고 나면 진입장벽도 있고 해서 경쟁업체들이 쉽게 서비스를 하지는 못할 것이다. 가장 중요한 것은 아무래도 농촌 산지와의 유대관계일 것이다. 정보 통신에 열려있지 않은 농촌 산지를 설득하는 문제들도 있을 테고, 재고 등의 파악도 사실 힘들 것이다.

앱의 접속자가 폭발적이어서 하루 만에 완판이 끝나버릴 수도 있는데 이런 커뮤니케이션이 활발히 이루어지기가 힘들므로 손이 많이 가는 사업일 것이다.

물론 서비스를 하다보면 재고 소진 시 고객이 재고 소진을 등록할 수 있게 한다든지 하는 별도의 조치가 필요해보인다.

서비스를 하는 초기 버전의 앱의 화면은 아래와 같은데 농산품의 품목을 선택하면 가까운 지역의 산지들이 점 모양으로 표시된다. 해당 점을 클릭하면 상세내용을 볼 수 있고, 전화 연결 등도 가능해서 농산품의 재고 등을 사전에 문의할 수 있다.

| 배추 | 무 | 사과 | 고구마 |
| 배 | 딸기 | 파 | 마늘 |

농산품별 산지판매 위치를 알려주는 앱

수익모델

수익모델은 처음에는 무료로 운영을 하는 수밖에 없다.

소비자들이 확보되어 앱이 잘 굴러가면 각 산지별로 등록비를 받는 형태로 운영을 하면 될 것이다. 또 각 농산물산지의 광고를 띄워서 추천해준다든지 하는 방식으로 수익을 창출해나가도 좋을 것이다.

소비자들 입장에서도 저렴한 가격도 중요하지만 신선한 농산물을 산지에서 바로 수확해서 먹을 수 있으므로 만족도가 높을 것이다. 또한 유기농 인증을 받은 농산물 산지는 유기농인증 마크를 노출해줌으로써 신뢰도를 높일 수 있다.

대출금리 비교사이트

대출금리 비교사이트를 통한 대부중계업

　대출 받는 사람들의 가장 큰 관심사는 금리일 것이다. 0.1%의 금리차이도 몇 십만 원의 손실로 이어질 수 있으므로 금리는 굉장히 중요하다. 일반인들이 대출 금리를 각 금융기관별로 비교해보기는 쉽지 않다. 최근에 정부에서 국내 핀테크 산업의 발달을 촉진하기 위해서 금융기관들만이 가지고 있는 빅데이터 정보를 사업자들에게 오픈을 유도하고 있다.

그 전까지는 금융기관에서 보험사별 보험료, 대출 금리 등의 데이터 자체를 확보하지 못했었다. 하지만 최근 들어 정부기관들이 이런 금융데이터를 모아서 일반인들에게 오픈함으로써 가격 경쟁을 유도하고 있다. 금리 정보도 마찬가지로 오픈이 되어있는데 금융감독원의 금융상품통합비교공시에 들어가보면 국내 모든 여신기관의 금리를 비교해볼 수 있다.

다음 페이지의 표는 그 중 저축은행의 신용대출 금리를 비교해본 자료이다.

*저축은행 별 일반신용대출 금리비교

금융회사 ▼	대출종류	금리구분	신용등급 ▲ 1~3등급	신용등급 ▲ 4등급	신용등급 ▲ 5등급	신용등급 ▲ 6등급
IBK저축은행	일반신용대출	대출금리	8.81%	12.28%	13.59%	14.84%
신한저축은행	일반신용대출	대출금리	11.96%	14.14%	15.12%	16.58%
KB저축은행	일반신용대출	대출금리	14.13%	15.15%	15.16%	15.99%
하나저축은행	일반신용대출	대출금리	13.10%	15.33%	15.61%	17.08%
JT친애저축은행	일반신용대출	대출금리	15.61%	15.92%	16.03%	16.52%
한성저축은행	일반신용대출	대출금리	14.66%	16.00%	18.00%	18.00%

*금융감독원 금융상품통합비교공시 2018.8월 기준

이와 같이 은행별, 보험사별, 카드사별, 저축은행별 금융기관별로 담보대출, 신용대출 등 대출 종류별로도 금리비교가 가능하다. 아직까지는 기관에서 이런 자료를 API방식으로 전송 받을 수는 없다.

하지만 스크래핑 등의 방식으로 데이터를 가져올 수는 있다. 위시켓 등에서 몇 백만 원만 지불하면 이런 데이터를 가져올 수 있도록 프로그램을 개발해준다.

대출 받는 일반인들은 금리비교가 가능하다는 사실조차 모른다. 그러므로 이런 기관에서 데이터를 가져다 금리비교사이트를 만들어 홍보한다면 많은 사용자가 모일 수 있으며 마케팅 수단으로써도 유용하다.

비즈니스 진행

단순 금리 비교만으로는 돈을 벌 수 없다. 그러므로 각 은행, 캐피탈, 저축은행사들과 대리점 계약을 모두 체결을 하고 대출 상품을 직접 판매를 해야 한다. 고객에게 대출 상품 판매액의 몇 %씩 수수료를 대리점은 받을 수 있다.

일단 금리비교 사이트를 통해 들어온 고객은 어디가 금리가 싸다는 걸 알고 들어온 고객이기 때문에 그 금융회사로 대출을 성사시켜주면 된다. 하지만 신용등급이나 연체 경력 때문에 거절되는 경우도 상당히 많으므로 몇 군데에 대출 신청을 해서 승인 나는 곳으로 성사를 시켜주면 된다.

두뇌발달에 획기적인 동화듣기&창작학원

어린이 두뇌발달에 획기적인 동화책을 듣고, 창작하는 학원

아이들의 두뇌를 발달시키는 생활 속의 중요한 방법은 동화책을 읽어주는 것과 창작을 유도 하는 것이다. 이건 아래의 증명된 연구 결과를 요약한 내용이다.

그만큼 동화책을 읽고 창작하는 것이 유년기에 중요한데 이런 사항을 특화시켜서 유아전문 학원을 만드는 것이다. 이 결과는 초등학교에 입학해서 학업 성취도에 결정적인 역할을 할 것이다.

필자가 동화책 읽기에 관심을 가지게 된 건 초등학교를 전교 1등으로 졸업한 학생의 어머니로부터 들은 이야기 때문이다. 미국으로 유학가기 전 필자에게 비결을 말해주었는데 특별한 교육을 한 건 없고 단지 자기 전에 한 시간 동안 동화책을 읽어주었다는 것이다. 필자에게 반드시 이 방식대로 해보라고 신신당부를 해서 항상 염두에 두고 있었기 때문이다.

두뇌 발달에 획기적인 동화책 읽어주기

지금까지 우리는 유아기 때 책을 읽어주는 것이 나중에 아이들이 학업성취도나 두뇌 발달에 도움이 된다고 들어왔고, 그런 사례들을 많이 보아왔다. 하지만 아직까지 어떤 메커니즘으로 이런 결과를 가져오는지 과학적으로 구체적으로 증명된 것을 접하지는 못했는데 미국에서는 뇌 촬영기계로 이를 과학적으로 증명하게 되었다.

2014년 미국 소아과 학회는 모든 소아 1차 진료에서는 출생 시점부터 읽기 쓰기 능력(문해력)의 증진을 포함시켜야 한다는 정책성명서를 발표했다.

소아과 저널에서는 3~5세의 어린이들이 동화 이야기를 들었을 때 좌뇌 영역에서 의미 있는 높은 활성화를 보였는데 이 뇌의 영역은 "분수령 지역으로 모든 다감각 통합, 통합 음과 뒤이은 시각적 자극이 일어나는 곳"이라고 선임 저자이자 신시내티 소아병원 의료센터의 임상 연구원인 존 허튼 박사는 말했다.

유아에게 동화책을 읽어줄 때 단지 이야기를 듣기만 하고 어떤 그림을 볼 수 없었음에도 불구하고 시각적 연관성을 처리하는 뇌의 영역이 아주 많은 활성화를 보인다는 것이었다.

"어린이들이 이야기를 듣고 있을 때, 어린이들은 마음의 눈으로 상상을 하고 있다"고 허튼 박사는 말한다. 예를 들면, "개구리가 통나무 위에서 점프를 했다"면, 내가 전에 개구리를 본 적이 있고, 통나무도 본 적이 있고, 그러면 그 상황이 어떻게 보이겠습니까?" 라고 허튼 박사는 말을 이었다.

사람의 뇌가 사물을 기억하는 방식은 시각적으로 기억을 시키는

데 청각으로 접하는 내용들을 형상으로 변형해서 기억을 시키게
된다. 이 과정에서 뇌는 엄청나게 많은 일을 하게 되는데 이때 많
은 두뇌 훈련을 하게 되는데, 이게 두뇌 발달을 가져오는 것이다.

창작을 통해 발달하는 전두엽의 뇌 발달
전두엽은 대뇌반구의 전방에 있는 부분으로 전전두엽 관련 영역
을 가져 기억력·사고력 등의 고등행동을 관장하며 다른 연합영역
으로부터 들어오는 정보를 조정하고 행동을 조절한다. 또한 추리,
계획, 운동, 감정, 문제해결에 관여한다. 이와 같이 구글 사전의 내
용과 같이 인간이 사고하고, 기억하고, 추리하고, 판단하는 가장
중요한 부분이라고 할 수 있다.

글을 쓰거나 그림을 그리는 것과 같은 창작활동은 인간이 하는 일
중에서 가장 고차원적인 일의 하나로서 이 때 뇌가 가장 많이 활
성화된다고 볼 수 있다. 화가나 음악가들이 치매에 잘 걸리지 않
는다는 것도 오감의 자극과 창작활동이 뇌를 활성화시키기 때문
일 것이다.

삼성서울병원 나덕렬 신경과 교수에 의하면 문장을 생각하고 구
상하고 쓰는 행동들은 전두엽을 발달시킨다고 한다.
전두엽을 활성화 하고 발달시키는 요인에는 다음의 행동들이 많
이 작용을 한다.

1. 시나 소설, 시나리오 쓰기, 작사나 작곡하기, 게임 개발, 조각, 디자인, 설계, 만화 그리기, 영화 찍기 등 창작 활동을 할 때

2. 듣기보다 말할 때 앞쪽 뇌가 활성화된다. 하지만 말할 때 전두엽 활성화의 차이는 있는데 일상적은 자주 쓰는 단어들을 주로 사용해서 말하는 것보다 연설문이나 발표 등과 같이 생각을 많이 해야 하는 발표 등이 활성화에 효과가 더 크다. 발표나 연설을 할 때 자신의 생각을 표현하므로 앞쪽 뇌가 좋아지는 것은 끊임없이 단어를 탐색하기 때문이다.

그런데 전두엽을 발달시키면 후두엽도 같이 발달한다. 예를 들어 영어 회화에서 자기가 자주 쓰는 표현을 아무리 빨리 지나가도 귀신같이 들을 수 있다. 말하기를 하면 듣는 능력도 저절로 좋아진다는 말이다. 전두엽을 발달시키면 후두엽까지 발달하는 일석이조의 효과가 있다.

비즈니스 진행

어떻게 보면 이 비즈니스는 전문적인 지식이 필요한 건 아니다. 어떻게 보면 너무 평범해서 사람들이 간과할 수 있다는 것이 오히려 걱정이다. 집에서 동화책을 매일 읽어주는 게 생각보다 굉장히 어렵고 지루한 일이다. 또 그동안 들은 이야기들을 가지고 아이에게 동화를 창작해보라고 하면 힘들어할 것이다.

학원에서는 이런 교육을 얼마나 재미있게 진행하는지가 관건이

될 것이다. 지루하지 않고 재미있게 유도를 해야지 아이들이 계속 학원을 다닐 것이다.

하지만 이런 교육을 6개월 이상만 진행을 해도 아이의 사고력이나 인지력, 기억력, 상상력, 표현력, 언어능력이 굉장히 발달함을 느낄 것이다. 동화책을 듣고, 상상하고, 창작하는 것이 아이들의 두뇌를 굉장히 많이 사용하는 거라서 두뇌가 과부하로 활동이 됨에 따라 피로함을 많이 느낄 것이다. 하지만 이런 활동들이 6개월, 1년 이상 지속된다면 아이들의 두뇌는 굉장히 발달할 수밖에 없다. 또 6개월 이상이 되면 아이들의 부모가 느낄 정도일 것이다.

아이의 부모를 설득해서 이런 교육을 지속하도록 유지하려면 1년에 한두 번씩 IQ 검사를 하는 방법으로 효과를 증명하면 좋을 것이다. 또 동화책 읽기와 창작하기를 다룬 해외 논문들을 발췌하여 아이들의 부모님을 설득해나가는 것도 중요하리라 본다.

모델하우스 모객대행업

모델하우스를 홍보하고 방문 고객에 따라 광고비를 받는 방식

분양대행업체들의 고민거리 중의 하나가 지어진 건물은 고객들에게 보여주면 되지만 지어 지지도 않은 건물을 파는 것이었다. 그래서 개발된 것이 모델하우스이다. 앞으로 지어질 집을 미리 하나를 지어서 고객들에게 보여주는 것이다. 이렇게 하는 이유는 시행사들이 자금 확보를 위해 계약금을 미리 받아두려는 것이다. 분양대행사들은 어떻게든 모델하우스를 홍보해서 많은 사람들이 오게 해서 분양을 많이 해야 한다. 그래서 분양대행사들은 분양광고 대행사라는 하부의 광고만 전문으로 외주 처리하는 회사를 몇 개씩 두고 있다. 여기는 분양광고만을 전문으로 해주는 업체이다. 인터넷 광고, 버스 광고, 신문 광고, 전단지 광고 등 모든 분양에 관한 광고를 다 취급한다. 분양광고 대행사를 통해 모집된 예비 분양주들은 분양 대행사에서 계약체결을 하는 방식으로 진행된다.

모델하우스 모객대행업은 분양광고 대행과도 비슷한 비즈니스이다. 인터넷이나 앱을 통해 모델하우스를 보여주고 관심을 가지는 고객들을 모델하우스로 보내주는 것이다. 이때 할인쿠폰과

같은 걸 발급하면 좋을 것이다. 할인쿠폰 발급 회수를 파악하면 얼마나 많은 고객이 모델 하우스에 방문했는지 대략 알 수 있기 때문이다. 쿠폰 발급횟수 대비 30% 정도가 방문을 한다면 대략 그 정도 수준에서 광고비가 책정될 것이다.

이 방식은 어쩌면 분양광고대행사 방식보다 획기적일 수 있다. 분양광고 대행사들은 신문광고 등을 통해 불특정 다수 광고를 하는 경우가 대부분이다. 불특정 광고는 특정 광고의 효율을 결코 따라갈 수 없다는 마케팅의 법칙이 있듯이 이와 같은 불특정 다수 광고는 사실 효율 면에서 많이 떨어지고 있다. 반면 인터넷이나 앱을 통해 모델하우스를 방문하는 고객은 목적을 가지고 방문을 하는 것이라서 특정고객이라고 할 수 있다. 그만큼 계약할 확률이 높은 가망고객인 것이다.
또 신문 광고나 전단지 광고를 통해 분양광고를 본 사람은 실제 모델하우스는 보질 못해서 막연한 생각을 가지고 방문할 가능성이 높다. 반면 인터넷이나 모바일을 통해 정확한 모델하우스의 전경을 보고 방문하는 고객은 단지 결정만 남은 매우 가능성 높은 가망 고객인 것이다.

이와 같은 모델하우스로 고객을 보내주는 방식은 매우 편리하다. 신문광고나 전단지 광고같이 광고를 제작해서 발행을 하고, 전단지를 돌리고 하는 번거로움이 없을 뿐만 아니라 정확한 수요가 파악이 되므로 비즈니스를 하기에 매우 편리한 방식이다.

사이트나 앱으로 홍보하는 대행사는 모델 하우스의 사진이나 동영상 등을 전송 받아 계속 업로드만 시켜주면 되므로 군더더기 없이 매우 간결하게 일이 진행되고 비용도 많이 절감된다.

비즈니스 진행

먼저 각 분양 대행사들과 연계작업이 필요하다. 각 분양 대행사마다 몇 개의 현장이 있을 것이다. 각각의 모델하우스의 자료를 받아 서버에 업로드 시킨다.

연계된 각 분양 대행사들의 자료를 가지고 인터넷사이트, 앱을 만들어서 홍보를 한다. 초기에 회원 확보가 중요하겠다. 한 번 분양을 받은 사람은 분양에 관심이 많아서 그 다음 분양에도 관심을 가질 확률이 높다. 하다못해 소개라도 해준다. 그래서 이 비즈니스를 잘 해나가기 위해서는 회원확보가 중요하겠다. 매 분양 시마다 확보된 회원을 가지고 그 다음 분양을 소개할 수 있다.

회원이 10만, 20만 확보가 된다면 매 분양 시마다 리마케팅을 할 수 있으므로 회원들은 꾸준히 늘려나가는 게 중요하겠다.

고객들은 사이트나 앱에 소개된 모델 하우스를 보고 방문을 하게 되는데 이때 할인쿠폰 등을 발급해준다면 유용하겠다. 상가 50만원 할인권, 아파트 30만원 할인권 등을 발급해준다면 이걸 가지고 모델하우스에 방문을 할 것이다.

그러면 얼마나 많은 방문객이 인터넷 사이트의 모델하우스 소개를 보고 방문했다는 걸 알 수 있을 것이다.

수익모델

쿠폰 발행 당 3만 원 정도를 받을 수 있다. 쿠폰 발행가격을 얼마로 정할지는 계약률을 나중에 파악해보면 알 수 있을 것이다. 계약률이 10% 이상을 넘어간다면 신문광고나 라디오 광고보다 훨씬 효과도 좋을뿐더러 광고비도 절감할 수 있다.

계약 성사 당 계약금액의 1%를 받을 수 있겠다. 보통 분양대행사가 가져가는 수수료가 1~3% 정도 되므로 이 수수료의 절반까지도 요구할 수 있겠다. 하지만 30% 선이 적당할 것이다. 어차피 이 사업이 성공하면 전국 수많은 분양 대행사에서 수수료를 받을 수 있으므로 너무 무리하게 많이 요구를 안 해도 된다.

바리스타 중심의 커피프랜차이즈

전문 바리스타를 입점 시킨 커피매니아 위주의 커피전문점

커피 전문가가 추출한 커피에 고객들은 기꺼이 더 많은 돈을 지불할 것이다. 앞으로의 커피 시장은 일률적인 맛의 커피보다 전문적인 커피 맛을 추구할 것이다.

구상하고 있는 바리스타 중심의 커피프랜차이즈란 숍인숍 개념의 커피전문점으로 전문 바리스타 별로 커피의 풍미가 틀리고, 가격도 틀린 커피 전문점이다. 고객은 각기 다른 커피 추출법과 로스팅법과 원두의 종류 별로 커피를 선택할 수 있다. 전문적인 바리스타를 선택할 수가 있는 것이다.

대형 헤어샵을 가면 동일한 헤어샵 내에서 각기 다른 헤어디자이너들이 있어서 연출하는 헤어스타일이 완전 틀리다. 헤어디자이너들은 자기만의 스타일대로 헤어 디자인을 연출하는 것이다. 또 이것이 내 스타일과 맞다면 단골이 되어 한 헤어샵의 한 디자이너에게만 계속해서 관리를 받기 원한다.

커피프랜차이즈가 발달했다고는 하지만 어딜 가나 똑같은 원두에 똑같은 추출법에 똑같이 로스팅되어 나온 커피를 제공하기 때

문에 사람들은 커피의 취향을 선택하려는 것을 포기한다. 나만의
커피의 취향이 있는지도 모르고 살아왔을 것이다.

　필자는 동네에서 커피를 전문적으로 배운 사람이 추출하는 커
피 전문점 2곳을 주로 방문한다. 한 군데서는 핸드드립으로 과테
말라아산 원두를 추출하여 내려달라고 하고, 한 군데는 핸드드립
으로 커피를 추출하는데 어떤 원두를 쓰는지 모르겠지만 차원이
다른 커피 맛을 제공한다. 나뿐만 아니라 같이 간 손님들도 커피
맛이 최고라고 하는 걸 보니 무언가 바리스타만의 커피 추출법이
있는 것 같다.

하지만 커피프랜차이즈에서는 같은 브랜드끼리는 어딜 가나 같
은 맛이 난다. 같은 재료에다가 한꺼번에 로스팅 된 커피에다, 한
가지 방식의 추출법으로 교육받은 아르바이트가 커피를 내려준
다. 아르바이트도 워낙 바쁘기 때문에 커피 추출법 같은 것에 신
경 쓸 여력이 없다. 빨리 주문 받고, 빨리 커피 만들고 등등 해야
할 일이 많기 때문이기도 하다. 이제는 워낙 익숙해져서 커피 맛
이 어떻다는 건 생각하지도 않는 것 같다. 단순히 대화의 장소가
더 중요할 뿐 커피의 질에 대해서는 나쁘지만 않으면 그다지 신경
쓰지 않았던 것 같다.

그나마 스타벅스 같은 곳은 전문적으로 교육 받은 바리스타가 있
고, 바리스타를 교육해 주는 슈퍼바이저가 있고, 그 위에 부점장
이 있고, 그 위에 점장이 있고, 그 위에 지역 총괄 책임자가 있는

방식이라서 스타벅스 바리스타는 다른 곳에 비해 보다 전문적인 면이 있다.

아르바이트가 대충 내려준 커피와 전문적인 바리스타가 내려준 커피는 가치가 다르다. 그것을 고객은 체감하는 것이다. 스타벅스 커피가 비싸지만 우리는 충분히 그 가치를 지불하고 커피를 마시고 있는 것이다.

비즈니스 방식

1.커피를 전문적으로 배운 바리스타를 고용

보통의 커피 전문점은 XX커피라는 프랜차이즈 간판을 달고, 대충 3-4일 정도 배운 아르바이트를 고용해서 커피를 추출한다.

반면 이 방식은 바리스타 교육을 전문적으로 받은 커피 전문가들이 자신의 이름을 걸고 장사를 하는 것이다. 최소 2명 이상의 숙련된 바리스타들과 파트너십 개념으로 일을 진행해 나간다. 처음부터 동 시간대에 2-3명의 바리스타를 고용한다면 비용이 상당하다고 할 수 있겠으나 커피 양보다 커피 질을 찾아서 오는 단골들은 갈수록 많아지므로 걱정 안 해도 된다.

단순 아르바이트가 대충 내려주는 커피 전문점은 알바 1명으로도 시간이 남는다.

2.바리스타 중심의 재료와 장비

각 바리스타들은 자신의 취향에 맞는 원두를 주문하고, 로스팅, 추출법 등을 자신의 스타일에 맞게 한다. 또 커피 추출 장비도 자기가 해오던 장비를 지원해줘야 한다.

3.각기 다른 커피 가격

바리스타별로 커피 가격도 틀리게 한다.

원두가 비싼 것도 있고, 추출하는데 상당한 시간이 걸리는 것도 있고, 한 잔에 커피에 들어가는 노력이 각기 틀릴 것이기 때문에 거기에 맞는 가격을 정해야 한다.

4.바리스타의 고용방식

고용방식은 시급+판매 금액의 00% 정도가 적당하겠다. 바리스타가 원한다면 매출의 00% 이런 방식도 고려해볼만 하다. 또 인기 있는 바리스타는 더 좋은 조건으로 대우를 해주고, 매출이 빈약한 바리스타는 퇴출 되는 시스템으로 운영해야 한다. 이것은 메가스터디의 강사 고용방식인데 스타강사는 몇 십억을 벌어갈 수 있고, 비인기 강사는 거의 돈을 못 벌어가는 시스템을 구현했는데 성공적이었다. 바리스타 입장에서는 기분 나쁘겠지만 자본주의 시장 체계에서는 어쩔 수가 없다. 그렇게 하지 않는다면 커피전문점은 망할 테니까.

5. 최고의 바리스타 모집공고

최고 수준의 바리스타를 모집한다는 공고는 매출상승으로 이어 질 수 있다. 고객은 최고수준의 바리스타들로 이루어진 커피 전문 점에 관심을 가질 수밖에 없고, 여기서 만들어지는 커피는 당연히 대충 배운 알바가 만들어주는 커피보다 몇 배는 수준이 높을 것이 다.

이런 방식으로 커피전문점의 질적 수준을 끌어올린다면 많은 고 객들이 몰릴 것이다.

확실히 우리 동네 커피 전문점에서 내려주는 커피는 우리 회사 주 변 번화가 프랜차이즈 커피 맛과는 풍미가 다르다. 어떤 재료와 어떤 추출법을 사용하는지는 오랜 시간 노하우로 축적되었을 것이 다. 사실 번화가의 커피 전문점에 가는 이유는 장소라는 요인이 더 컸다.

대화를 할 수 있는 적당한 장소이다 보니 가게 되고, 커피 맛은 그 냥 주는 대로 먹는다.

하지만 앞으로는 어떨까?

예전에는 담배가 1~2가지 종류밖에 없어서 그것이 전부인 줄 알 고 살아 왔지만 요즘은 거의 몇 백 가지는 되는 듯하다. 또 사이즈 별로 틀리고 니코틴 함유량 별로 틀리다.

담배나 커피 같은 기호식품은 결국 자기가 좋아하는 맛을 따라가 지 않을까?

박람회 전문 개최 사업

넓은 공간을 임차하여 박람회만 전문적으로 개최하는 비즈니스

박람회의 종류는 유아박람회, 웨딩박람회, 캠핑박람회, 여행박람회, 태아용품박람회, 유학박람회, 대학편입설명회, 부동산박람회, 베이비페어, 자동차박람회, 팻박람회, 의료기기, 결혼박람회, 벤처기업, 이민투자, 어학연수 등 굉장히 다양하다.

이름난 코엑스나 킨텍스 같은 경우 년 간 매출액이 400억~500억 원 이상을 넘어서고 있을 정도로 많은 박람회 개최를 하고 있다. 코엑스 같은 경우 하루 박람회 건수 6~7개를 동시에 개최하기도 할 정도로 박람회를 하고자 하는 업체들이 많다. 하지만 코엑스나 킨텍스의 경우 엄청나게 큰 부지에 시설 등을 갖추고 있어 매출의 대부분은 운영 유지비에 나가다 보니 그다지 흑자를 못보고 있다.

그래서 본 기획은 코엑스와 같은 대규모 박람회 시설을 계획한 것이 아니라 서울 도심의 임차료가 비싸지 않은 한적하고 넓은 공간을 임차하든지 하여 원가를 줄여나가서 많은 이익을 창출하는 방식이다.

공간은 약 1000평 정도의 공간이면 적당하겠고, 주차장 시설이 잘

되어있으면 좋다. 주로 박람회는 주말에 많이 개최하기 때문에 주말에 주차시설을 사용할 수 있으면 좋겠다.

박람회 사업의 가장 큰 매력은 3박 4일의 짧은 기간에 부스 당 100만원~300만원의 고 비용을 받을 수 있다는데 장점이 있다. 실제로 박람회 주최 업체들이 개최 당 몇 억 원의 이익을 남기기도 한다. 2백만 원짜리 부스가 300개만 들어와도 6억이 들어오는 것이다. 광고비하고 임차료하고 운영비를 빼더라도 2-3억이 실제로 남기도 한다.

물론 인기 없는 박람회를 개최하여 적자를 보기도 하기 때문에 종목을 잘 선정해야 한다.

또 박람회에 참여하는 업체들은 전국에 박람회만 참가하여 이익을 남기는 회사들도 많다. 비록 부스 하나 당 몇 백 만원의 비용을 지불해야 하기도 하지만 수많은 구매력을 가진 사람들이 방문하므로 단기에 몇 천 만원을 벌 수 있는 기획이기도 하기 때문이다. 또 박람회 참여만으로도 엄청난 브랜드 홍보 효과가 있어서 모든 박람회에 의무적으로 참여하는 회사들이 꽤 많다.

박람회 당 방문하는 인원들은 실로 엄청난데 모 인테리어 박람회에 3만5천 명, 성공한 뷰티박람회에 25만 명, 한국 기계전 같은 경우 7만7천 명, 충청도 우수시장 박람회에 10만 명 등 박람회를 통한 유입 고객 수는 실로 엄청나다고 하겠다. 게다가 방문객들은 단순히 지나가는 사람이 아는 관심을 가지고 방문하는 구매력을 가진 사람들이라는 것도 큰 장점이다.

이 사업은 이런 방문객의 효과를 실감한 업체들이 박람회에 참여를 하는데, 이런 업체들이 박람회로써는 주 거래처일 것이다. 박람회에 참여하는 업체들이 요구하는 것은 많은 방문객이므로 박람회 사업을 주관하는 업체는 개최에 대한 광고, 홍보 등에 대한 전문가여야 하고, 홍보를 성공적으로 하여 방문객들만 많이 모을 수 있다면 이 사업은 굉장한 성공을 거둘 것이다.

비즈니스 진행

이 비즈니스는 킨텍스와 코엑스와 같이 대형 전시회를 목표로 하는 것은 아니다. 박람회를 어느 정도 무리 없이 진행할 수 있는 약 1천 평 정도의 공간이 적당할 것이다. 이 정도의 공간을 서울이나 수도권에 임차료가 저렴한 곳에 얻는다고 하면 월 5천~1억 원 정도가 들 것이다. 비싸다고 생각할 수 있으나 4일짜리 박람회 하나만 성공해도 2-3억이 남기 때문에 자본금치고 결코 비싼 금액이 아니다. 더군다나 텅 빈 공간만 있으면 되므로 인테리어가 필요가 없다. 조명시설하고 전기시설, 부스시설 정도만 꾸밀 수 있으면 되겠다.

1000평이면 약 200개 정도의 부스를 설치할 수 있을 것이다. 부스 하나당 3평 정도로 보면 되고 이동 통로나 관리 공간이나 공용 공간 등도 필요하므로 200개 안팎의 부스는 설치가 가능할 것이다. 부스 하나 당 200만원을 받는다 치면 박람회 4일 동안 6억 정도의 매출을 올릴 수 있다.

일단 공간 확보가 중요하고 그 다음 주차장 공간 확보이다. 대형 건물이면 주말에 사무실들이 텅 비기 때문에 주차공간은 많을 것이다. 대중교통으로 접근이 용이한 지역이라면 사전에 대중교통을 이용하라고 권고를 해주면 자동차로 방문하는 방문객은 줄어들 것이다.

이 사업의 1차적인 난제는 박람회 공간과 주차공간인데 이것만 해결이 되도 절반은 해결이 되었다고 볼 수 있겠다.

그 다음은 박람회 개최에 대한 문제이다. 박람회는 직접 개최를 할 수 있고, 개최를 주관하는 업체와 수익쉐어도 가능하고 단순 임차도 가능하다. 물론 직접 개최가 가장 많은 수익을 가져가겠지만 노하우 없이 진행할 수가 없다. 그러므로 박람회를 주관하는 업체들을 주 고객으로 삼는 게 좋겠다. 박람회의 종류는 상업적인 박람회만 몇 백가지가 넘으므로 개최 업체들 또한 굉장히 많다. 박람회 개최 업체들은 매달 한번 이상의 개최를 해나가기 때문에 공간 확보가 되기만 하면 전국 어느 지역이든 개최를 한다.

그러므로 이 사업이 성공하기 위해서는 이런 개최 업체들과의 유대관계가 매우 중요하다고 할 수 있겠다. 또 박람회를 신규로 개최하는 업체들도 계속 생겨나고 있으므로 신규 업체들과도 유대관계를 쌓아서 개최 성공 노하우 등도 전수해주어 서로 상생관계 유지가 되면 좋겠다.

수익모델

가장 기본이 되는 수익은 부스 임대 수익이겠다. 보통 1부스 당 3평의 공간을 차지하는데 잘 나가는 업체들은 5개~10개의 부스를 빌리기도 한다. 또 부스의 위치에 따라 가격을 달리해야 한다. 입구 쪽의 부스는 400만 원 정도의 사용료를 받고 구석 쪽의 부스는 150만원을 받는다든지 하여 차별화를 두어야 한다.

직접 개최를 하지 않고 개최 업체에게 공간을 빌려줄 경우는 2가지 방식으로 매출을 올릴 수 있겠다. 첫 째는 개최 업체와의 수익 쉐어 방식이다. 박람회가 성공할지 실패할지는 개최를 해봐야 할 문제라서 서로 리스크를 최소화하기 위해서는 개최 업체가 수익 쉐어를 원하는 경우가 있을 것이다. 두 번째는 그냥 임대료를 받고 임대해주는 방식이다. 코엑스나 킨텍스는 이렇게 임대료만 받고 임대를 해주고 있다. 아무래도 좀 더 적극적으로 했으면 더 많은 수익을 내지 않았을까 한다.

박람회 개최에 대한 홍보

박람회 사업은 결국 홍보가 사업의 성패를 가를 것이다. 기존 업체들의 홍보 방식을 보면 주로 라디오 광고, tv 광고, 지역케이블

광고, 인터넷 광고 등을 한다.

아무래도 이 사업을 가장 잘 할 수 있는 사업자는 광고 대행사일 것이다. 모든 광고를 다 취급해본 광고 대행사이면 더 유리할 것이다. 특히 인터넷을 통한 타깃팅을 할 수 있으면 가장 효율적으로 사전 예약을 받을 수 있어서 좋을 것이다.

인터넷으로 사전 예약을 받을 수 있으면 좋은 점은 박람회를 참여하는 고객을 회원으로 묶어둘 수 있다는 것이다. 예를 들어 인테리어 박람회에 참석 의사를 밝힌 고객은 또 다음에 개최되는 인테리어 박람회에 참여할 확률이 높다. 베이베페어에 참가한 주부는 그 다음달에 개최되는 다른 베이비페어에 관심이 많다. 그러므로 이런 타깃팅이 가능하여 그 다음에 개최되는 새로운 박람회에 초대할 수가 있다.

또 베이비페어에 참여했던 고객은 뷰티박람회에 참여할 가망 고객이기 때문에 회원 확보는 굉장히 중요한 것이다. 이런 방식으로 많은 회원이 확보된다면 박람회 개최마다 외부 광고비를 획기적으로 줄일 수가 있으므로 매출에 대한 많은 마진을 거둘 수가 있다.

보통 매출 6억짜리 박람회를 개최하려면 최소 3억 원 이상의 광고비를 책정해야 참여 업체들이 불만이 없다. 하지만 기존 확보된 회원을 박람회에 재참여를 권유해서 방문객을 충원 한다면 광고비는 절반으로도 줄일 수가 있는 것이다.

렌탈중계업

자사 제품을 렌트할 회사와 렌탈 고객을 연결해주는 플랫폼 비즈니스

렌탈 상품 회사와 고객을 연결해주는 서비스로 렌탈 시스템이 갖춰지지 않은 제조업체의 상품을 받아서 렌탈 프로세서에 따라 고객에게 렌트를 중계해주는 플랫폼

보통 웬만한 제조업체는 렌탈 시스템을 가지기가 힘들다. 렌탈은 판매와 달리 복잡한 문제들이 꽤 많다. 렌탈 고객의 은행 자동이체도 등록해야 하고, 렌트 기간, 파손, 반납, 회수 등등 굉장히 복잡한 비즈니스 모델이다. 또 렌탈로 나간 상품의 렌탈비 회수는 몇 년에 걸쳐 이루어지므로 제품을 담보로 하는 대출도 받아야 한다. 제조업체를 상대로 이런 복잡한 문제를 처리해주고, 고객들에게 편리한 렌탈 시스템을 제공하여 렌탈료를 받아 제조업체에 전달해주는 비즈니스 플랫폼이다. 제조업체로써는 판매가 많이 이루어지므로 손해 볼 것이 없다. 고객들도 마찬가지로 목돈 들어가는 구매에 부담을 해소할 수 있어서 좋다. 이 플랫폼은 이런 문제를 중간에서 처리해서 원활하게 렌탈 시스템이 돌아가도록 운영하는 시스템이다.

또 보통 제조업체들은 자사의 제품을 홍보할 루트를 그다지 많이

가지고 있지 못하다. 하지만 유통업체들은 유통이 전문이므로 제품을 유통시키는 게 본업이다. 더군다나 렌탈은 수요가 많으므로 직접 판매보다 유통이 훨씬 수월하다. 또 이런 렌탈 상품을 유통시켜줄 인터넷 판매업체들은 꽤 많이 넘쳐난다. 그러므로 플랫폼을 가진 업체는 중간에서 원활한 처리만 잘해준다면 이 사업은 성공할 것이다.

비즈니스 프로세서

1.렌탈할 업체의 상품을 플랫폼에 올려놓는다.

플랫폼은 앱과 사이트 둘 다 필요하다. 제조업체들이 자유롭게 렌탈 제품을 사이트에 업로드 할 수 있게 관리자 페이지를 준다.

2.렌탈 상품을 쇼핑몰에 나열한다. 렌탈 전문 쇼핑몰을 오픈하고 고객들이 접속하여 자유롭게 제품을 고를 수 있고, 상세한 설명도 볼 수 있어서 신청까지 인터넷 상에서 이루어져야 한다.

3. 렌탈 전문상담원의 상담.

아무래도 렌탈은 판매가 아니기 때문에 장황한 설명이 필요하다. 물론 바로 결제하고 바로 렌탈 상품을 받아보는 고객도 있겠지만 대부분의 고객은 전화로 상담을 받고, 위약금, 필수 유지기간, 반납 등에 대한 정보를 인지해야 한다.

최초 등록비결제와 초회분 입금까지는 전문상담원 선에서 해결해야 한다.

4.렌탈 등록

등록비와 초회분이 입금되면 렌탈 고객으로 등록을 하고 자동이체 신청을 하고, 배송 날짜 등을 정한다.

5. 물품배송, 설치 및 계약서 사인.

자필 사인은 필수로 받아야 하므로 배송기사가 물품을 배송, 설치 후 자필 사인을 받도록 한다. 물품 배송은 제조업체에서 한다.

수익모델

-렌탈 중계수수료는 40% 정도로 한다.

렌탈 업체도 광고비, 상담비용 등이 들어가므로 중계수수료는 약 40% 선이 적당해 보인다.

-재고 부담을 지지 않는다.

렌탈 중계업체는 단순 플랫폼 제공 업체이므로 재고물품을 가지고 있지 않고 렌탈신청이 들어오면 제조업체에 연락해서 물품을 배송토록 한다.

-렌탈 회수 시 반납은 제조업체에서 물품을 반납 받는다.

렌탈 중계업체에서는 렌탈이 중지된 시점까지의 수익금만 챙긴다.

-위약금은 제조업체에서 70%를 가져가고 렌탈 중계업체에서 30%를 챙긴다.

-렌탈 플랫폼 업체에 등록한 고객은 이 업체 소유이므로 기존 고객에게 다른 렌탈 상품의 카탈로그를 보낸다든지 하는 방법으로 추가 계약을 이끌어낼 수 있다.

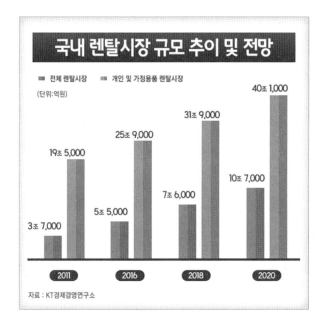

국내 렌탈 시장은 매년 급성장을 하고 있다. 하지만 렌탈 시스템이 복잡하고, 자본금도 많이 들어가야 하므로 렌탈 시장의 상당부분을 대기업이 장악하고 있는 실정이다.

중소기업들도 렌탈을 전문으로 대행 해 주는 렌탈중계 플랫폼과 같은 곳이 있다면 지금보다 훨씬 많은 제품들을 시장에 출하할 수 있으리라 본다.

반품제품 중계 플랫폼

홈쇼핑이나 대형마트에서 단순반품으로 쌓인 재고를
싼값에 인수해서 도매로 넘기는 비즈니스

반품샵 비즈니스는 한번쯤 들어와서 대략은 알 것이다. 러퍼샵이라고도 하는데 홈쇼핑이나 대형마트에서 고객이 물건을 사고 반품기간 안에 반품을 해서 팔 수 없는 상품을 싼 가격에 다시 판매하는 샵을 말합니다.

보통은 판매가의 20~30% 할인을 해서 파는데 어떤 반품샵은 연 매출 10억 원을 넘겨 신문기사에 유망 창업 아이템으로 뜨기도 한다. 그 만큼 새 제품이나 다름없는 제품을 판매하므로 소비자들 간에 인기가 많다.

그런데 반품샵 비즈니스에는 문제가 있는데 예를 들어 코스트코 반품샵을 열었다고 했을 때 반품 물건을 코스트코에서 떼어오는 방식이 아니다. 코스트코에 물건을 납품하는 벤더가 반품 물건을 모두 떠안는 구조인데 이 벤더를 통해서 반품 물건을 받아와야 하는 것이다. 그런데 문제점은 벤더들도 어떤 제품들이 반품이 들어올지 예약이 된 것이 아니기 때문에 하부 반품샵에 물건을 내려줄 때 반품이 들어오는 대로 물건을 내려준다. 그러므로 문제는 물건을 선택해서 받을 수가 없다는 점이다. 가전제품이 다 떨어졌으니 가전제품 반품된 것 위주로 물건을 보내달라고 할 수가 없다는 것이다. 그냥 물건 주는 대로 받아서 판매를 해야 한다. 어떨 때는 잘 안 나가는 의류만 한 트럭으로 오는 경우도 있다.

그만큼 실제 반품샵에게는 애로 사항이 많았던 것이다. 그래서 이런 애로 사항을 해소하려는 비즈니스를 계획한 것이다. 바로 반품 물건을 공급하는 대형마트의 벤더사와 반품 물건을 소진하는 반품샵 간에 거래를 원활하게 해주는 플랫폼을 만드는 것이다.

예를 들어 롯데마트에서 반품 물건 1억 원 들어왔을 때 이를 분류하여 필요로 하는 반품샵에 넘기는 방식이다. 가전제품 2천만 원, 의류 1천만 원, 생활용품 2천만 원의 물량이 들어왔을 때 플랫폼 상에 올려놓으면 이것을 필요로 하는 반품샵들이 신청을 하면 샵에 배송을 해주는 방식이다.

이 방식은 특히 지방에 반품샵을 운영할 경우 유리한데 서울에 자주 들러 반품 물건을 받아 오지 않아도 선택해서 물건을 받을 수 있으므로 반품샵 운영하기가 수월할 것이다. 어떻게 보면 반품샵 체인점이라고도 볼 수 있겠다.

그런데 반품 물건이 나오는 곳은 생각보다 많다. 홈쇼핑, 대형마트뿐만 아니라 한샘, 이랜드몰, 신세계몰 등등 큰 쇼핑몰들은 다 반품 물건이 나온다고 보면 된다. 법규상 이렇게 들어온 물건들을 소비자에게 되팔 수 없기 때문에 폐기 처분하거나 중고가로 넘길 수밖에 없는데 이런 대상들이 반품샵의 거래 회사가 될 수 있다.

지금까지는 영세한 반품샵들이 건 단위로 물건을 가져다 팔기 때문에 이런 업체들은 누군가 모든 반품 물건을 맡아서 처리해주길 바랄 것이다.

수익모델

반품샵 플랫폼의 비즈니스 모델은 반품으로 들어오는 제품가에 약 3~5% 정도의 마진을 붙여 반품샵들에 납품하는 모델이다. 대신 플랫폼에 물건을 올려놓고 원하는 반품샵들이 물건을 도매로 가져갈 수 있게 하는 방식이다.

3%~5%의 중간마진이 작다고 할 수는 있겠으나 플랫폼 사업의 규모가 커졌을 때는 어마어마한 수익금이다. 예를 들어 각 벤더들에게 1억짜리 반품 물건을 10군데에서만 받아서 처리를 해도 중계수수료만 3천만 원~5천만 원이 남는 것이다. 그런데 반품 물건을 받을 수 있는 곳이 한두 군데가 아니라서 거래처를 몇 백 군데로 늘려나간다면 이익 규모는 상당할 것이다.

또 이 시스템은 대량으로 처리를 하는 시스템으로 발전을 해야 큰 돈을 벌 수 있는데 벤더들에게는 모든 반품 물건을 대량으로 받는 구조를 만들어서 좀 더 할인을 받을 수 있게 해야 한다. 지금까지 벤더들은 중소규모의 반품샵 위주로 물건을 간헐적으로 주는 방식으로 운영을 했을 것이다. 게다가 거래하는 소규모 반품샵이 영업을 안 할 경우 중고로 처리하든지 폐기하든지 하는 문제가 발생했을 것이다. 그래서 이런 대형 벤더들 입장에서도 고정적으로 대량으로 반품 물건을 처리해주는 곳을 원할 것이다.

반품샵 입장에서도 기존과 같이 밀어내기씩 물건을 떠안는 건 리스크가 굉장히 크다. 이런 소형 반품샵들은 규모가 작기 때문에 대량을 반품 물건이 들어왔다고 해서 다 처리할 수 있는 능력이 없을 것이다.

모 반품샵의 사례를 보면 서울에서 재고로 안 팔리는 반품 물건을 모아다가 지방 행사장 같은데 한 번에 떨이로 소진시킨다고 한다. 그러므로 소규모 반품샵 같은 경우 반품 물건을 대주는 대형 거래처와 잘못 거래하다가는 엄청난 재고에 파산할 수도 있는 것이다.

이와 같이 반품샵들이 물건을 받아서 대량으로 쌓아놓고 안 나가는 건 거의 땡처리를 할 수밖에 없는 문제점을 해소할 수가 있는데 플랫폼을 통해서 물건을 선택해서 가져올 경우 이런 상황은 없다는 것이다. 즉 필요 없는 물건을 받아오는 것이 아니기 때문에 안 나가는 물건을 받아서 땡처리로 처리하는 경우는 훨씬 줄어들 것이다.

또 이런 반품샵은 지방에 행사 같은데서 판매가 많이 이루어지는데 여기서도 마찬가지로 원하는 물건 위주로 받아서 판매를 할 수 있는 것이다. 이런 시골 지방 장터에서 고가의 테팔 가전제품이

싸다고 해서 팔리지는 않기 때문이다.

비즈니스의 구성

이와 같은 플랫폼을 구성하기 위해서는 우선 반품 물건을 받을 수
있는 곳들과 거래를 터야 한다. 코스트코, 이랜드몰, 신세계몰, 롯
데마트, 각종 백화점, 한샘 등등 수없이 많을 것이다. 영업부서의
한 팀은 이와 같이 반품 물건을 받을 수 있는 곳을 꾸준히 리스트
업 해 나가야 한다. 즉 공급처를 꾸준히 늘려나가는 것이다.

다른 한 파트에서는 물건을 공급 받을 반품샵들을 꾸준히 확
보해나가야 한다. 오히려 공급처보다 물량이 나갈 수 있는 수요
처가 좀 더 많은 구조로 가야 재고가 없을 것이다. 즉 반품 물건이
들어오는 대로 소진이 되는 시스템을 구축해야 한다는 것이다. 이
것이 이 사업을 위험에 안 빠뜨릴 것이기 때문이다.
또 반품샵들 확보가 어려울 경우 반품샵을 창업을 유도하는 방법
도 좋다. 기존 반품샵들은 좀 더 싸게 물건을 가져오기 위해서 기
존에 알고 있던 코스트코 벤더들과 거래를 이어 나갈 수도 있기
때문이다. 위험을 감수 하더라도 물건은 더 싸게 공급받는 걸 원
할 수도 있다는 것이다.

배틀형 헬스클럽

헬스클럽 안에서 온라인상 팀을 만들어 운동을 해나가는 시스템

보통 운동을 혼자 하기 때문에 한두 달 하다가 포기하는 경우가 많다. 태릉선수촌 같은 경우는 운동을 팀 단위로 하기 때문에 서로 경쟁하기도 하고 격려하기도 하면서 서로 성장해나간다. 헬스클럽을 다녀본 사람은 알겠지만 웬만하면 혼자 운동하는 경우가 많다. 트레이너가 도와준다고는 하지만 트레이너가 경쟁상대는 아닌 것이다. 고독한 자기만의 싸움이 헬스클럽의 운동인데, 이를 팀 단위로 뭉치게 만들어서 서로 경쟁해나가는 시스템은 어떠할까?

본 시스템은 온라인상에서 팀을 이루어 운동을 해나갈 수 있고, 서로 경쟁을 유발하기도 하고, 격려하기도 하는 시스템이다. 그 팀은 온라인에서 이루어지며 팀원은 같은 헬스클럽에 다니는 사람도 될 수 있고 옆 건물 헬스클럽 사람이 될 수도 있고, 남자 몇 명, 여자 몇 명 이런 식으로 팀을 짤 수도 있다. 가능하면 같은 지역으로 한다면 서로 유대감도 있어서 좋을 것이다.

시스템 구성

이 시스템은 앱을 설치한 후 앱 상에서 팀을 이루어야 하는데, 팀원을 몇 명으로 할지, 팀 기간은 얼마로 할지, 목표하는 운동은 무엇인지, 남녀 구성은 어떻게 할지 등을 자유롭게 정해서 팀을 구성할 수 있다.

팀이 구성이 되면 각 팀원의 운동량을 측정해야 하는데 이걸하기 위해 별도의 장비가 개발되어야 한다. 각 사람은 자신임을 인식시킬 수 있는 테그를 부착하여야 한다. 테그의 부착 방식은 신발 등에 하면 좋을 것 같다. 또 헬스클럽 자체도 인식장비가 있어서 그 사람이 헬스클럽에 도착해서 운동하는 시간을 측정하고, 체지방량, 근육량, 몸무게 등을 실시간으로 측정해서 스마트폰 앱으로 수치를 전송해주어야 한다. 헬스클럽의 각각의 기기와 개인의 테그 간에는 서로 통신을 주고받아서 서버에 실시간 저장을 할수 있어야 한다.

실제 운용방식

위와 같은 기술적인 문제가 해결이 되면 사용자들은 팀을 만들어서 운동을 시작한다. 어떤 팀은 이달 체중 3KG 감량 목표 팀이 있는가 하면 어떤 팀은 근육량 1KG 증가 팀이 있고, 체지방량 5% 감소 팀이 있을 수 있어서 팀원 중에 한명이 운동을 쉰다든가 하면 서로 격려 해주기도 하고, 1등으로 목표를 달성한 사람한테 혜택을 주기도 하며, 서로 경쟁하는 방식으로 해서 이기는 쾌감을 느끼기도 한다.

또 헬스클럽이 목표 상금을 걸어줄 수도 있으며, 목표를 달성하게끔 도와주거나 조언을 해줄 수도 있을 것이다.

이 시스템이 성공적으로 가동된다면 어떤 형태로 발전할지는 현재로써는 가늠하기가 힘들다. 전혀 새로운 형태로 발전해나갈 수도 있을 것이다.

사회가 점점 개인화되다보니, 혼밥, 혼술 등 예전에는 접하지 못한 사회 현상들이 생겨나고 있다. 이런 반면 운동을 통해 유대감을 쌓을 수 있는 이런 서비스는 미래에 많이 활성화 되지 않을까 한다.

법정의무교육 사이버연수원

5인 이상 회사들이 의무적으로 이수해야 하는 법정의무교육학원

법정의무교육은 기업, 공공기관, 의료기관 및 전 직종 모든 사업장에서 전 직원(대표자 포함)을 대상으로 연 1회 이상 의무적으로 실시해야 하는 교육을 말하는데 대표적으로 개인정보보호교육, 성희롱예방교육, 산업안전보건교육, 개인정보보호교육, 장애인 인식개선교육 등을 들 수 있다.

이와 같은 법정의무교육은 정부에서 인가받은 교육업체가 교육을 진행하고 수료증을 발급할 수 있다. 또 최근에는 법정의무교육을 사이버교육으로 대체해도 인정을 해주고 있는데 이런 사이버교육연수원들이 많이 생겨나고 있다.

1년에 2번 정도를 요건을 갖춘 교육기관을 선발하는데 이런 제도가 많이 알려지지 않다 보니 그렇게 많은 업체들이 신청을 하지는 않는다.

그런데 왜 이런 사이버교육기관으로 선발되려고 하는가 하면 교육생 1명 당 정부기관에서 교육비 9만 원 정도를 지급하기 때문이다. 예를 들어 100명이 교육을 이수하게 되면 900만 원을 정부에서 사이버교육기관에 지급을 하는 것이다.

1천명 단위 큰 회사들도 실제로 교육신청을 가끔 하는데 그럴 경우 9천만 원의 교육비를 받을 수가 있다. 실제로 모 사이버교육 기관은 연간 몇 십억 원의 교육비를 정부로부터 받기도 한다. 전국에 법정의무교육을 이수해야 하는 직장인들이 1천만 명은 넘을 텐데 그 중 0.1%만 교육생을 교육시켜도 9억 원을 버는 것이다.

그런데 대부분 이런 제도를 관련 업종 종사자가 아니고는 잘 모르기 때문에 실제 돈 버는 학원들은 따로 있는 것이다. 틈새시장에서 돈을 벌려면 이와 같이 정부의 정책과 정부에서 어느 부분에 공적 자금을 지원하는지를 잘 알면 돈 버는 길이 보이는 것이다.

그렇다면 이런 법정의무교육을 실시하는 사이버연수원이 대단히 큰 규모를 가져야 하는 것도 아니다. 한마디로 동영상 강의만 송출할 수 있는 웹사이트만 있으면 된다. 동영상 강의 자료는 돈을 주고 빌리면 된다. 인터넷에 익숙한 회사들이라면 쉽게 개발할 수 있다.

또 이런 회사를 차릴 수 있게 대행해주는 업체들도 있으니 사이버연수원을 차리겠다고 마음만 먹으면 사이버연수원을 차리는 것은 그다지 어려운 일이 아니다.

비즈니스 진행과 수익모델

법정의무교육을 관장하는 기관에 요청해 자격요건을 갖추고 심사를 받아서 사이버교육연수원을 설립하면 된다. 심사는 1년에 두 번 정도 하는데 통과를 하면 정식으로 영업을 시작할 수 있는 것이다.

인터넷 사이트를 만들고 강의동영상을 올려놓아 강의를 수강했
는지를 체크할 수 있는 시스템을 갖춰야 한다. 강의 시간을 준수
해서 수강을 했다면 해당기관에 전달을 하면 몇 달 후 수강생 1명
당 약 9만 원의 교육비가 지급이 된다.

그런데 이런 시스템 자체를 납품하는 회사들도 있기 때문에 그리
어렵지 않게 사업을 진행할 수 있다.

보청기 판매점

1인당 131만 원의 보청기 구매 정부지원금을 받아 운영하는 보청기 판매점

보청기 판매점이 잘 된다는 것은 거의 들어보지 못했을 것이다. 하지만 종합상가들이 밀집해 있는 대형 상가건물을 보면 한 층에 하나씩 보청기 판매점들이 있다. 다들 돈 되는 건 소리 없이 하고 있었던 것이다.

보청기 판매점이 호황인 이유는 따로 있다. 바로 정부 지원금이 2015년11월 15일부터 기존 34만 원에서 131만 원으로 대폭 늘어났기 때문이다. 이때부터 폭발적인 호황이 이루어진 것인데 아직 우리나라는 청능사나 청각사 자격이 없어도 보청기 판매점을 차려서 보청기를 판매하고 있다. 2015년 이전까지는 보청기 지원금도 작아서 수요 또한 많지 않아서 법적으로 제도화되지 않은 것 같은데 이건 조만간 법적으로 제도권 안으로 들어올 전망이다.
보청기 판매 수요가 증가함에 따라 국회의원들도 청능사를 필수로 국가자격시험에 넣는 것을 입법 발의할 예정이다.
또 사회가 고령화되면서 보청기 수요가 폭발적으로 증가할 것으로 보이는데 여기에 따른 관련 산업 등도 호황을 누릴 것으로 보인다.

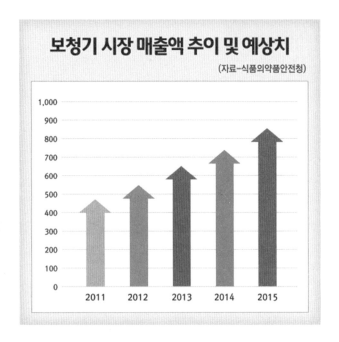

매년 보청기 판매현황을 보면 견고한 성장 그래프를 볼 수 있다. 하지만 이건 2015년 정부 보조금 131만 원이 지원되기 전의 그래프이다. 2016년 이후에는 매년 2배 이상 성장했을 것으로 예상된다.

보청기 판매 시 정부 지원금을 보면 아래와 같다.

보청기 판매 시 정부 지원금
청각장애 등록자 117만9천원 지원(5년마다 1회)
청각장애 등록자(차상위계층, 기초생활수급자) 131만 원 지원(5년마다 1회)

위와 같이 지원금이 대폭 확대되었다. 아직까지는 지원 확대된 사실을 대부분의 국민들이 인지하지 못하고 있으나, 사회가 시간이 지날수록 노령화 되면서 그만큼 보청기 수요가 폭발적으로 증가할 것으로 보인다.

보청기 구매 시 지원금을 받으려면 장애인 등록을 먼저 해야 하는데 등록절차는 다음과 같다.

-청각장애 등록 신청 절차

읍, 면, 동사무소에서 장애진단 의뢰서 발급 => 병원에서 청력검사 후 장애진단서 발급 => 읍, 면, 동사무소에 장애진단서 제출 => 국민의료보험공단 심사 => 거주 읍, 면, 동사무소 장애인등록증 발급

보청기 판매 자격

우리나라는 보청기 판매 자격에 제한이 없기 때문에 청각학과를 나와 전문적으로 공부를 하지 않거나 청능사 같은 관련 자격증이 없이도 누구나 보청기를 판매할 수 있는 구조다.

하지만 2018년 최도자 국회의원이 청능사자격을 현재 민간자격증에서 국가자격증으로 편입시키려고 하고 있으므로 보청기사업을 하려면 그 전에 빨리 하는 것이 좋겠다.

아래 표는 각 국가별 난청환자 기준 보청기 보급률에 대한 통계자

료이다.

덴마크 같은 경우 난청환자 대비 보청기 지급률이 거의 45%에 이르지만 한국의 경우 8% 선을 유지하고 있다. 그만큼 한국의 보청기 시장의 성장 가능성은 크다는 것을 의미한다.

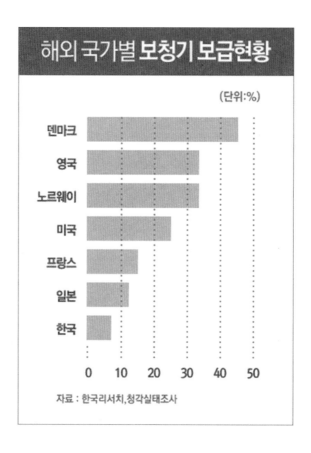

분양전문포탈

건물 분양정보만을 모아서 구매자와 연결해주는 비즈니스

한국에 1년 신규로 분양되는 건물의 시가는 몇 백 조원에 이른다. 그만큼 분양 시장의 매출액은 천문학적이다. 아래는 연간 아파트 분양건수를 통계한 표이다. 2014년 기준으로 28만 건의 아파트가 신규 분양되었다. 3억씩만 잡는다 해도 84조원이다. 여기다 오피스텔, 상가의 분양 물량까지 합치면 백조 단위는 가볍게 넘는다.

이처럼 분양 관련 사업은 시장이 워낙 크기 때문에 해볼 만한 사업이다. 시장이 워낙 크기 때문에 분양만 하더라도 분양대행사가 있고, 분양광고대행사로 세분화될 정도이다.

연도별 일반 분양 가구수 추이

(단위 : 가구)

08년	09년	10년	11년	12년	13년	14년
133,128	123,536	100,591	197.937	210.850	229.195	280,479

자료 : 부동산써브

건물을 분양하려면 가만히 있어서는 거의 분양이 안 되고, 전문적으로 분양을 맡아서 하는 분양대행사가 있어야 한다. 분양대행사는 분양가의 1~5% 정도의 마진을 가지고 건물을 분양해나가는 것이다.

분양 대행사는 신문광고, 버스광고, 검색광고 등 많은 광고를 통해 분양받을 사람을 모집한다. 분양에 관심이 있는 사람들은 각종 광고를 통해 모여들게 되고 이들을 연결해주는 것이 분양대행사이다.

그런데 분양대행사가 광고를 효과적으로 진행할 전문적인 매체는 별로 없다. 분양만을 전문적으로 소개하고, 리뷰하는 매체가 없기 때문이다.

그래서 분양에 관심 있는 사람들을 모을 수 있는 분양전문 포탈서비스를 기획하게 된 것이다. 분양전문 포탈에서는 전국 각지의 분양정보를 일목요연하게 분류를 해서 정보제공을 하는 서비스이다.

비즈니스 진행

분양정보 사이트가 없는 건 아니다. 하지만 부동산정보회사에서 서브메뉴로 진행한다든지, 지역별로 소규모로 분양정보를 제공한다든지 하는 그다지 전문성을 가진 분양정보 포탈 서비스는 아직 없다.

서비스를 시작하려면 먼저 분양 포탈사이트를 만들어서 각종 분양정보를 올려놓는다.

처음에는 정보를 채워야 하기 때문에 무료로 게재를 해준다.

전국 각 지역별,건물특성별 분양 정보를 채워 넣고, 분양 시세라든지, 뉴스라든지 각종 정보들도 많이 올려놓아서 회원들이 모여들도록 한다.

회원이 된 고객들한테는 신규 분양정보를 뉴스레터 식으로 보내줘서 지속적으로 관리를 해야 한다. 언젠가는 분양을 받을 고객이기도 하고 다른 사람을 소개시켜줄 연결고리이기도 하기 때문이다.

수익모델

어느 정도 회원도 모이고 정보량도 차서 사이트가 굴러가면, 분양업체로부터 수수료를 받을 수 있다. 수익모델은 굉장히 여러 가지 방식인데 정리해보면 다음과 같다.

1. 분양 수수료를 받는 방식

회원들에게 신규 분양정보를 제공하고 분양까지 이루어진다면 분양금액의 0.5%~1% 정도를 수수료로 받을 수 있다.

2. 상담 신청 시 받는 방식

분양문의를 하는 고객을 연결해주고 분양문의 시 10만 원 정도의 수수료를 받을 수 있다.

3. 분양정보 게재 시 받는 광고료수익

분양정보를 사이트에 게재해주는 것만으로 광고비를 받는 방식이다.

또 프리미엄 자리에 노출 시는 더 많은 광고비를 받을 수 있다.

건물이 분양되면 분양대행사에서 받을 수 있는 수익은 굉장히 많기 때문에 광고비도 많이 쓴다. 건물 하나 당 몇 억씩 신문 광고비를 쓰는 것이 부지기수다.

신문광고 같이 불특정 다수를 향한 광고도 분양 받을 사람을 모집할 수 있을 정도로 먹힌다. 더군다나 분양정보 포탈과 같이 타깃된 고객 대상이라면 이들은 더 많은 광고비를 지불할 것이다.

비디오 커머스 플랫폼

홈쇼핑을 인터넷에 적용시킨 판매 방식을 플랫폼화 시킨 사업

한국의 홈쇼핑 대표회사인 GS홈쇼핑, CJ오쇼핑, 현대홈쇼핑, 롯데홈쇼핑의 연간 매출액은 각각 1조원을 넘고 있으면 영업이익 또한 1000억대~1500억대 정도를 달성하고 있다. 그만큼 동영상 형태의 판매 방식은 엄청난 매출을 가져온다. 마트에 가면 상품들이 단순히 진열되어 있으나 이런 상품들을 사람이 알아듣기 쉽게 설명을 덧붙이면 구매율이 획기적으로 상승하는 것이다. 그 만큼 잠재고객을 이끌어내는 방식은 사람이 말과 영상으로 설명하는 것이 잘 먹힌다.

비디오 커머스는 이런 홈쇼핑 방식의 영상 판매 방식을 인터넷에 적용시킨 것이다. 인터넷 쇼핑몰에 단순히 사진이나 글로 설명이 되어있는 것이 아닌, 화면과 음성을 통하여 그 상품이 사용되는 걸 보여주므로 구매율이 훨씬 올라갈 수밖에 없다.

한국에서 이러한 비디오 커머스가 급부상하고 있는 것은 유튜브를 통한 제품의 설명으로 성공한 사례가 많기 때문이다. 주로 성공한 분야는 장난감, 여행, 뷰티 등이 활발하게 유튜브의 1인 크리에이터들을 통해 광고가 되고 있는데 업체들은 광고 효과를 톡톡히 보고 있어서 상담한 매출 상승을 가져오고 있다고 한다.

본 비즈니스는 이러한 업체들을 입점 시켜서 광고를 제작하여 송출시키는 플랫폼 비즈니스이다. 현대홈쇼핑과 비슷한 사업 구조라고 보면 된다. 인터넷의 다양한 매체들에 동영상 송출을 통해서 해당 상품을 판매 후 수익쉐어를 가져가는 방식으로 보면 된다.

비디오 커머스의 성공 사례

비디오 커머스는 이제 막 태동하고 있어서 아직 많은 성공 사례들이 있지는 않다. 또 송출할 많은 매체를 확보하지 못해서 아주 활성화된 것은 아니지만 여기저기서 성공 사례들이 속출하고 있어 이 시장에도 조만간 절대강자가 탄생하리라 본다.

- 다이아티비는 지마켓과 손잡고 대도서관, 밴쯔 등의 유튜브 상에 인기 크리에이터들이 광고해준 12개의 영상을 송출했는데 800여 만회의 동영상 플레이가 이루어졌고 6천개가 넘는 상품이 팔려나갔다.

-뷰티 전문 업체 소속의 크리에이터들도 위메프와 손잡고 새로운 디자이너 브랜드 이커버,아웃스탠딩 오더너리 등을 인터넷 동영상을 통해 소개했는데 전보다 매출이 3배~5배 정도로 상승했다.

-뷰티브랜드 유리카를 비디오 커머스 전략으로 홍보를 진행했

는데 제품영상 10여개의 동영상을 제작 후 송출했는데 동영상 당 100만회가 넘는 조회 수 기록을 했고, 불과 몇 개월 만에 35억 원의 매출을 달성하기도 했다.

또 세계 최대 전자상거래 업체 알리바바도 비디오 커머스 플랫폼 업체를 인수해서 자사에 서비스를 하고 있다. 아마존 또한 게임 방송 플랫폼 업체인 트위치를 인수해서 비디오 커머스 시장에 박차를 가하고 있다.

비즈니스 전략

비디오 커머스의 성패는 동영상의 송출량에 좌우될 수밖에 없다. 얼마나 많은 횟수의 동영상을 플레이 시키느냐가 관건일 것이다. 그렇다면 이건 파트너십으로 갈 수밖에 없다.

애드센스와 마찬가지로 동영상을 송출하면 얼마의 금액을 주는 식으로 파트너십을 체결해 나가야 할 것이다. 파트너십을 통해 플랫폼 상의 동영상 광고를 인터넷 구석구석에 심어놓고 플레이를 시켜야 할 것이다.

애드센스의 경우 유저들이 가져가는 수익은 광고 매출액의 68%를 가져간다. 즉 자신의 블로그에 애드센스 광고를 부착하고 사용자들이 광고를 클릭해서 광고비 수익이 발생했을 때 그 광고비의 68%를 가져가는 것이다.

비디오 커머스도 이렇게 애드센스 방식을 도입한다면 획기적으로 퍼져나갈 것이다. 그렇게 되면 송출량도 엄청나게 늘어서 많은 광고주들이 입점하게 될 것이다. 아직은 비디오 커머스 시장에 이렇다 할 강자가 없다보니 동영상 송출량 또한 많지 않다. 그래서 아직까지는 업체들이 비디오 커머스 시장에 광고를 많이 하지는 않는다.

수익모델

수익모델은 홈쇼핑 모델을 가져와야 할 것이다. 광고 업체 측의 동영상을 방영하면서 실시간으로 주문으로 연결시켜 결제시키는 것이다. 결제된 금액의 몇 %를 받는 방식도 괜찮고 방영횟수로 광고비를 받아도 좋을 것이다. 방영횟수는 동영상 조회 수를 보면 된다.

이 분야에도 획기적인 수익모델 방식을 어느 누가 가지고 들어온다면 매우 큰 시장이 될 것이다. 현재 가능성이 가장 큰 방식은 검색에 붙이는 방식과 페이스북과 같이 유저의 동향을 파악한 리마케팅 전략일 것이다. 유저가 관심 가지는 상품 위주로 노출을 시켜주는 리마케팅 방식이 유력한 이유는 불특정 다수 광고보다 5배~10배의 효과가 있기 때문이다.

생활 지킴이 서비스

라돈 측정, 공기질 측정, 수질 측정, 매트리스 세균 측정 등
생활환경을 검사해서 관리해주는 서비스

　　과학이 발달하면서 우리 생활 주변에 인체에 해가 되는 물질들을 측정할 수 있게 됨으로써 수치에 따라 대비를 할 수 있게 되었다. 예를 들어 불과 몇 년 전까지만 해도 공기 질을 측정하는 장비가 일반인들에게는 보급이 안 되었다. 초미세먼지, 미세먼지 등의 수치 자체를 전문가가 아니고는 알 수가 없었던 것이다.

하지만 초미세먼지 농도를 파악할 수 있게 됨으로써 스스로 안 좋은 공기질을 개선해나갈 수 있게 되었다. 특히 초미세먼지 같은 경우는 우리 몸속에 들어와 모세혈관 등에도 침투하여 질병을 일으키는 원인이 된다는 걸 알게 된 것이다. 이후 각 가정에는 초미세먼지를 대비하기위해 이를 거를 수 있는 공기 청정기를 들여놓게 되므로 어느 정도 개선해나갈 수가 있었던 것이다.

최근에는 라돈 사태가 터지므로 공기뿐만 아니라 일상생활에 쓰이는 제품들도 안 좋은 환경호르몬을 생성한다는 인식을 가지게 되었다. 특히 라돈은 건축자재에서 많이 유출이 되는데 10년 전만해도 라돈이라는 개념자체를 인식하지 못해서 환경부에서 건축자제에 쓰이는 골재에 대해 방사능 검사 자체를 하지 않았던 것이다. 선진국에서는 이미 골재에 대해 방사능 검사를 해서 통과된 골재만 채취가 가능했으나 한국은 이런 대처를 하지 못했던 것이다.

반드시 오래된 집 같은 경우 반드시 라돈 측정을 해봐야 하는데 집을 짓는 골재에서 방사능이 얼마나 나오는지를 미리 측정하지 않았기 때문이다.

또한 석면 같은 경우도 건축에 상당히 많이 사용되는 건축 자재로 예전부터 유해성 논란이 있었다. 석면의 경우 머리카락 굵기의 5천분의 1 정도밖에 안 되어 눈에 보이지 않아 인식을 못하고 있었는데 최근 과학이 발달하면서 인체에 얼마나 유해한지가 속속 증명이 되고 있다. 석면이 폐에 들어올 경우 폐 세포 속에 박혀서 지속적으로 염증을 유발해 암으로까지 발전할 수 있다. 최근 초등학교에서는 방학을 이용해 석면 철거 작업들을 많이 하고 있는데 이런 이유들 때문에 특히 어린아이 같은 경우 더 치명적이기 때문이다.

이와 같이 생활을 하는 집도 안전 할 수가 없는데 생활 속의 이와 같은 유해물질들을 검사해주는 회사가 있다면 충분히 돈을 지불할 것이다.

생활 지킴이 서비스는 전문적인 장비를 가지고 공기질 측정, 정수기 수질 측정, 매트리스 곰팡이 측정, 라돈 방사능측정, 석면 측정, 새집증후군 측정 등 집안의 모든 유해성분들을 측정해주는 서비스이다.

사업방식

이건 오프라인 사업이기 때문에 각 지역마다 지점을 설치해야 하므로 초기 비용이 많이 들 수 있다. 우선은 인구가 많은 수도권에 몇 개의 지점을 설치 후 주문이 많아지면 지방까지 진출하는 방식이 적당하겠다.

생활 지킴이 서비스는 전문 장비를 보유한 서비스 기사가 각 가정을 방문해서 점검하는 방식으로 운영이 된다. 사실 이건 월비용을 받기에는 좀 무리가 있으므로 건당으로 과금처리하는 것이 합리적일 것이다. 또한 이 서비스는 부가수익을 창출하는 요소들도 꽤 있는데, 오래된 매트리스 교환이라든지, 수질 안 좋은 정수기를 교체한다든지, 라돈이 유출 안 되게 공사를 한다든지, 공기청정기를 바꾼다든지 하는 요소들이 있다.

서비스 방식은 브랜드를 만들고 앱과 사이트 등으로 홍보를 진행하여 주문이 들어오면 해당 지역 기사가 출동하는 방식으로 한다. 주문이 전국 단위로 많아진다면 문의 들어온 걸 각 지역 지점별로 분산을 해서 예약 날짜와 비용 등을 상담 후 서비스 기사가 출동하면 되겠다.

수익모델

1.검사비 수익

 공기질 측정, 정수기 수질 측정, 매트리스 곰팡이 측정, 라돈 방사능측정, 석면 측정, 포름알데히드 측정 등을 하는 데는 각종 전문 장비들이 필요하고, 여기에 따른 검사비를 받을 수 있다.

2.교체비

예를 들어 정수기 수질이 안 좋은 경우 정수기를 자사와 연결된 좋은 품질의 정수기로 교체할 수 있다. 매트리스 같은 경우도 마찬가지이다.

3. 제품 판매비

일반인이 사용할 수 있게 일반용 측정기를 판매할 수 있다. 공기질 측정기나 라돈측정기 등은 시중에서도 구매할 수 있다. 또 새집증후군 같은 경우 포름알데히드가 유출되지 않게 방지용 제품을 판매할 수 있다.

4.공사비

라돈 유출의 경우 라돈 유출 방지 공사를 할 수 있다. 오래된 집 같은 경우 건축자재에서 방사능이 많이 유출되므로 이것을 차단하는 공사가 필요하다.

이와 같이 수익모델은 꽤 많다. 고객들이 환경 호르몬에 대한 경각심을 가지고 있는 만큼 이를 차단할 수 있는 장치는 반드시 하고 생활을 하는 게 좋다.

쇼핑몰 가격비교사이트

쇼핑몰에서 거래되는 상품들의 가격을 비교해주는 서비스

쇼핑몰 가격비교사이트는 제목에서 직감했듯이 국내 주요 쇼핑몰에 올라와있는 상품들의 가격을 비교해주고 고객이 구매할 수 있도록 도와주는 사이트다.

국내에 자리 잡은 사이트는 다나와, 에누리, BB 등이다. 이 비즈니스는 갈수록 잘 된다는 것이 장점일 것이다. 지금은 다들 인터넷 환경에 익숙해져 있어서 어디 가면 뭐가 있다는 것을 웬만하면 다 알 수 있다.

소비자들은 물건을 옥션이나 지마켓으로 바로 가서 사는 것보다 가격비교사이트를 통해서 사는 게 훨씬 싸다는 걸 알고 있다. 그래서인지 이 비즈니스는 갈수록 매출이 굉장한 폭으로 늘고 있다. 대표적인 다나와만 하더라도 2017년 수수료 매출액이 1천억 원을 넘어섰고, 2018년에는 영업이익 규모도 200억 원을 넘어설 전망이다. 꽤 긴 시간 동안 이런 가격비교 비즈니스는 큰 주목을 받지 못하고 있었는데 최근 몇 년 들어 이익 규모가 꽤 많이 늘어난 것이다.

비즈니스 진행

사이트를 제작하려면 우선 각 쇼핑몰에서 데이터를 가지고 와야 하는데 처음부터 우호적으로 오픈해주는 곳이 있는가 하면 소스 오픈을 잘 안 해주는 곳도 있다. 그러면 소스를 오픈해주는 곳부터 작업해놓고, 하나씩 작업해나가면 되겠다.

링크프라이스와 같이 상품소스를 제공해주는 중계사이트도 물론 있다. 대신 여기서 중계수수료의 절반 정도를 뗀다.

업체에서 제공해주는 소스를 보면 상품명, 가격, 쿠폰할인, 이미지, 설명 등 좀 복잡하다. 이런 로우데이타를 가지고 사이트를 잘 구성해나가는 것이 노하우일 것이다. 쉬운 작업이 아니다. 그러므로 진입장벽이 꽤 있는 사업이라고 할 수 있겠다.

수익모델

수익모델은 각 업체로부터 받는 판매 중계수수료가 주 수입이다. 보통 대형쇼핑몰 같은 경우 1~2% 정도의 판매 수수료를 받게 된다. 이렇게 받은 1%의 수수료를 가지고 사업을 해야 하니 방문객이 진짜 많아야 답이 나오는 사업이다.

1%의 마진을 가지고 1천억 원을 벌려면 10조 원어치의 상품이 팔려야 한다는 결론이다. 그러므로 엄청난 숫자의 방문객을 유치하여야 한다. 그래서인지 초반에 많은 업체들이 진입 하였으나 지금은 특정 2-3개 업체가 이 시장을 독식하고 있는 듯하다. 하지만

기존 사업자들은 웹사이트 시대에 강자였기 때문에 구글앱이나 아이폰앱 시장에서는 새로운 강자가 나올 수 있다. 벌써 다른 업종들은 새로운 강자들이 나와서 순위가 바뀐 곳도 많지 않은가

쇼핑몰 가격비교에서 자리를 잡게 된 다나와의 경우 신차 가격비교, 조립PC 가격비교 등을 직접 운영하기도 해서 부가 수익을 내기도 하고, 기타 광고수익을 올리기도 하므로 일단 자리가 잡힐 때까지가 중요하겠다.

또 전체 카테고리의 가격비교가 부담된다면 가장 수요가 많은 가전제품부터 특화시켜서 해보는 것도 좋겠다. 가격비교사이트에서 가장 많은 검색량을 차지하는 건 가전제품인데 그 이유는 상품 코드명이 오픈되어있기 때문이다.

예를 들어 LG 전자 세탁기라고 하면 'LG전자 통돌이 TR14WK'와 같이 상품명 뒤에 코드명이 명시가 되어있으므로 코드명만 넣으면 수십 개 사이트의 가격이 일목요연하게 비교가 되어 소비자들이 가장 많이 검색하는 분야인 것이다. 또 가전제품은 기본 단가가 크므로 수수료도 커서 가격비교사이트에 가장 많은 수익을 안겨다주고 있다.

반면 옷 종류 같은 것은 이런 특정 코드가 없기 때문에 비교를 하기가 힘들므로 그다지 많이 검색하는 분야는 아니다.

빌게이츠가 1999년에 출간한 '생각의 속도'에 게재된 내용을 보면 미래에는 각 분야에 가격비교를 하는 사이트들이 호황을 누릴 것이라고 예언했는데 대표적인 예라고 할 수 있겠다. 현재 타 전문

분야에서도 가격비교사이트가 호황을 누리고 있는데 예를 들면 이삿짐 가격비교, 임플란트 가격비교, 보험 가격비교, 여행 가격 비교, 호텔 가격비교, 렌트카 가격비교, 신차 가격비교, 핸드폰 가 격비교, 항공권 가격비교 등 각 분야에 꽤 많다는 걸 알 수 있다. 어쩌면 인터넷의 속성이 가격비교를 쉽게 할 수 있는 속성을 가지 고 있어서 일 것이다.

수입 원료를 이용한 화장품

직접 제조까지 하는 화장품 브랜드 만드는 법

국내 화장품 회사들의 원료 국산화율은 20% 정도밖에 안 된다. 2016년 기준으로 국내 화장품 원료의 80%를 미국, 영국, 독일, 일본, 프랑스에서 수입해서 화장품을 만들고 있다.

화장품 원료는 기초과학이 발달한 나라에서 주로 생산할 수밖에 없는 이유가 화장품 원료를 개발하는데 백년 넘는 기초화학 기술의 노하우가 필요하기 때문이다. 이런 기술은 거의 공개가 되고 있지 않고, 굉장히 오랜 시간의 연구가 이루어져야 하기 때문에 신흥국인 한국이 국산화시키지 못하는 대표적인 분야이다.

국내 내로라하는 세계적인 화장품 회사들도 결국 원료는 해외에서 개발된 원료를 쓴다는 말이다. 설화수와 같이 극히 일부의 화장품 원료를 제외하고는 거의 국산화를 이루지 못했다고 봐야 한다.

결국 화장품 기초 원료는 내가 수입해서 화장품 브랜드를 만드나, 대기업에서 화장품을 만드나 성분은 똑 같다는 뜻이다. 대신 대기업은 유명스타를 활용한 이미지 광고 때문에 잘 팔리는 것뿐이다.

국내 중소기업들도 수많은 화장품 브랜드를 만들고 있는데 일부는 조 단위로 해외에 매각되기도 한다. 그 정도로 화장품 분야는 마케팅 능력만 된다면 중소기업에서 대기업으로 갈 수 있는 사업이다.

스타일난다의 경우에서도 알다시피 스타일난다가 옷 장사를 해서는 그다지 이익을 보지 못했는데 화장품 판매를 시작하고부터 연간 이익이 200억 이상으로 올라섰다. 그래서 6천억 원이라는 대박을 터트릴 수 있었던 것이다. 화장품은 원가 비율이 상당히 낮아서 거의 90% 이상의 마진을 남겼을 것으로 보인다.

비즈니스 모델

화장품은 마진율이 90%가 넘는다고 보면 된다. 원료 가격 해봐야 판매가에 1-2%도 안 된다. 화장품 원료가 수입될 때 100리터 단위로 몇 십만 원, 이런 형태로 거래되기 때문에 원가가 1%도 채 안될 수도 있다. 나머지는 용기 값이고, 포장재 값이다. 용기와 포장재를 만들어 주는 공장들은 인천 쪽에 굉장히 많다. 생각보다 중소기업에서 만들어서 중국에 수출하는 화장품들이 꽤 많기 때문에 인천 쪽에 많이 발달이 되어있는 것 같다.

화장품에서 제일 중요한 것은 아무래도 마케팅일 것이다. 화장품 마케팅 방식에는 굉장히 여러 가지로 발전이 되어왔다. 무명 브랜드가 주로 성공한 마케팅 사례는 아래와 같다.

1.SNS마케팅

최근 화장품 관계자들의 가장 높은 관심 분야인 카카오스토리, 소셜커머스, 인스타그램 및 주요 SNS, 뷰티 전문 어플 등이다.

2.소셜커머스 마케팅

위메이크프라이스, 쿠팡, 티몬 등 SNS 마케팅

3.후기 마케팅

초반에는 구매자들이 별로 없으므로 무료 샘플신청을 받아서 우편으로 샘플을 보내주고 후기를 작성 받아 놓고, 올라온 후기를 가지고 마케팅 하는 방식이다. 무명 브랜드인데 후기 마케팅만으로 한 달에 3-4천만 원어치 화장품을 파는 경우를 봤다. 결제내역을 보니 무료 샘플을 신청한 사람들이 실제 구매로 이어지는 경우가 상당수 있었다.

　이 정도의 광고를 해서 조금의 브랜드홍보의 성과가 있다고 한다면 그 다음부터는 쉽게 풀려나갈 수 있다. 화장품 브랜드들이 초기에 브랜드로 자리 잡지 못해서 망하는 경우가 많기 때문에 초기 성과가 그만큼 중요한 것이다.

어느 정도라도 성과가 있다 싶으면 화장품 모델을 섭외해서 카탈로그를 만들어 해외 등에 소개를 한다면 우연찮게 대량 오더가 들어와서 동남아 등지에서 먼저 유명해지는 경우도 많다. 어디서 대박이 터질지 알 수 없으므로 국내에서 어느 정도라도 브랜드 유지는 하고 있는 게 중요한데, 중국, 동남아시아 등에서 알아서 주문이 밀려올 수도 있기 때문이다. 아무래도 한류 열풍이 무섭다는 것을 여기서 실감할 것이다. 국내에서는 그다지 알려지지 않은 화장품 브랜드가 해외에서 우연히 빵 터지는 경우도 많아서, 그렇게 되면 그 나라에서는 유명 브랜드로 자리 잡게 되어 대박을 터트리게 되는 것이다.

스피드미팅 결혼정보회사

스피드미팅 방식을 도입한 결혼정보회사, 재혼정보회사

　보통 결혼정보회사의 만남은 1:1로 이루어진다. 커플매니저의 주선아래 상대의 대략적인 프로필을 보고 소개팅을 주선 받는 방식으로 만남이 이루어진다.

소개팅을 해본 사람은 알겠지만 그다지 성공 확률이 높지 않을 것이다. 사람들은 좀 더 빠른 방식의 만남을 원한다. 1명을 만나기위해 준비시간부터 많은 시간을 할애해야 하고 비용도 만만치 않다. 보통 결혼정보회사에 100만 원을 주고 가입하면 10회 이내의만남이 이루어지는 것이 보통이다. 그렇다보니 사람들은 더 짧은시간을 할애해서 더 많은 사람과의 만남을 가지고 그 중에서 원하는 이성을 선택하길 바란다.

이런 문제를 해소시켜줄 미팅 방식은 단연 스피드미팅 방식일 것이다. 보통 한 사람을 만나서 그 사람에 대한 대략적인 파악을 하는데 7분 정도가 걸린다고 한다. 이런 과학적인 원리를 안고 탄생한 미팅 방식이 스피드미팅인데 7분 단위로 여러 이성을 만나고그 중에서 괜찮은 이성에게 호감을 표시하여 만남까지 이루어지는 방식이다.

스피드미팅 방식은 최초 유럽 등지에서 유행하다가 한국에 2000년대 초 도입이 되어 결혼정보 업체들이 이벤트 성으로 행사를 열기도 했다. TV를 보면 로맨스 패키지나 짝 같은 연예 프로그램의 경우 이런 스피드미팅 방식을 간간이 넣는다. 비록 4:4의 만남으로 프로그램이 진행되긴 하지만 단체에서의 만남의 시간도 가지지만 개인적으로의 만남의 시간에 더 집중한다.

사람을 만남에 있어 단체로 있을 때의 상대의 모습하고 1:1로 단둘이 만났을 때의 상대를 겪어보는 느낌은 다르다. 그런데 결혼이라는 것은 1:1의 삶이기 때문에 반드시 단둘의 만남이 굉장히 중요하다.

이와 같이 스피드미팅은 1:1개인만남의 장점과 단체 미팅의 장점인 다양한 만남, 이렇게 두 가지 요소를 충족시키는 미팅 방식이라고 할 수 있어 좋다.

또 다수의 1:1 미팅에서 성사가 안 되거나 불만을 가진 회원들은 7:7 정도의 다수를 만날 수 있는 스피드 미팅 방식을 더 선호하기도 한다. 한 번에 많이 만나서 그 중에서 고르고 싶은 것이다.

진행방식

보통 스피드 미팅은 7:7 정도로 커플매니저 주선으로 만남을 가지는데 회비는 인당 5만 원~10만 원가량을 지불한다. 결혼정보회사 회원인 경우 1회 만남에서 차감한다.

총 7개의 테이블에서 돌아가며 이성과 대화를 나누는데 한 테이블 당 7분 정도의 대화의 시간을 할애 받는다. 7분이 지나면 종소리가 울리고 남자들은 다음 테이블로 이동하여 이성과 대화를 나누면 된다.

모든 과정이 끝나면 선호하는 이성 순으로 1지망, 2지망, 3지망을 적어서 맞게 되면 커플이 탄생되는 시스템이다. 실제로 이런 미팅 방식을 진행해보면 만족도는 굉장히 높다.
하지만 이걸 전문적으로 하지 않는 이상 장소도 구하기 힘들고, 커플매니저가 직접 참여하여 진행을 하여야 하므로 운영 입장에서는 번거로운 방식의 미팅이다. 반면 회원들은 만족도가 높아서 단골 형태로 참여하는 회원들도 꽤 있을 정도이다.

결혼정보회사를 특화시켜서 스피드미팅을 패키지로 넣는다면 괜찮은 성과를 이룰 것이다. 또 스피드미팅은 사람들이 선호하므로 마케팅의 효과 또한 크다. 이것 때문에 결혼정보회사에 가입하려는 경우도 많이 생길 것이다.
가격정책은 보통 결혼정보회사가 100만 원에 10회라고 한다면 여기는 10회 + 스피드미팅 2회 무료, 이런 식으로 가격정책을 펼친다면 타사 대비 경쟁력 있게 운영이 될 것이다.

신용등급상승 컨설턴트

엄청난 금전적 이득을 볼 수 있는 신용등급상승을 컨설팅해주는 비즈니스

신용등급이란?

신용이 가지는 의미는 신뢰도, 즉 이 사람을 믿고 돈을 빌려줘도 되는지에 대한 여부이며 이 신뢰도를 1부터 10까지 분류한 것이 바로 신용등급이다. 1-2등급의 고신용자는 건전한 신용거래로 신용카드 발급도 수월하며 저금리 은행대출도 받을 수 있다.

신용이 좋다 라는 것은 돈을 아예 안 빌린다고 해서 신용이 좋은 것이 아니라 돈을 잘 빌리고 잘 갚는 것을 신용이 좋다고 본다. 돈을 빌리고 예정보다 빨리 갚는다면 최고의 신용자일 것이다. 그러므로 신용이 좋아진다면 여기에 대한 혜택은 무궁무진하며 이걸로도 많은 돈을 벌 수 있다.

신용등급 평가기준: 부채수준 35%, 연체정보 25%, 신용형태 25%, 거래기간 15%로 구성

신용등급 올리는 법

-대출을 제2금융권(캐피탈, 상호저축은행)에서 받게 되면 신용등급이 내려간다.

-신용카드 현금서비스를 자주 받아도 신용등급에 안 좋다.

-대출 건수가 많아도 신용등급에는 안 좋다.

-연체의 경우 은행은 하루를 연체해도 신용등급에 영향이 있으며 카드사는 2-3일이다.

 연체가 많은 경우 큰 금액보다는 오래된 연체부터 갚아야 한다.

-신용등급 조회를 하려면 CB(신용평가회사)를 통해서 확인해야 자신의 신용등급에 아무 이상이 없다. 사금융 사이트 등을 통해 자주 조회하게 되면 신용등급에 악영향을 미친다.

-신용카드는 하나만 오래 사용하는 게 좋다. 신용카드가 많으면 신용점수가 깎이는데 3개 넘지 않도록 해야 한다.

-신용카드 금액을 선 결제하면 신용점수가 올라간다.

-은행과의 거래실적이 많아야 하며 가능하면 주거래은행을 정해서 집중적으로 거래해야 한다. 은행의 거래실적이 없다면 해당은행의 신용등급은 낮아질 수 있기 때문에 가급적 주거래 금융회사를 정하고 그곳을 통해 금융거래(급여이체, 공과금 납부, 자동이체)를 많이 하면 신용점수가 올라간다. 그리고 일정의 평잔도 유지해야 좋다.

-대출이 없다고 해서 신용등급이 올라가는 것이 아니다. 대출을 받고 갚고를 자주 해야 신용이 좋아진다.

-재무건전성이 좋은 회사에서 오래 근무할수록 신용 점수가 좋아진다.

-보증을 서게 되면 신용점수도 하락한다.

-보험을 가입하고 주거래 통장에서 자동이체를 걸어놓으면 신용 점수가 올라간다.

-신용카드 한도 소진율 30% 이하로 유지하면 신용점수가 상승한다.

-공공요금(휴대전화, 도시가스, 건강보험료) 등을 납부한 내용을 신용조회회사에 등록하면 3일 이내에 신용점수가 5~17점 올라간다. 6개월 단위로 등록한다.

-신용카드보다 체크카드를 사용하면 좋은데 체크카드를 월 30만 원 이상 6개월 이상 사용하면 신용점수가 4~40점 올라간다.

높은 신용등급 활용법

높은 신용등급을 가지고 할 수 있는 게 많은데 개인이라면 집, 차 등을 구매할 때 많은 금전적 이득을 볼 수 있으며 건물이나 부동산 등을 구매할 때도 엄청난 금전적 혜택을 볼 수 있다. 구체적인 사례를 다음과 각 항목별로 들어보겠다. 신용등급상향이 왜 돈 버는 길인지를 알 수 있을 것이다.

-집대출

집을 대출금 없이 일시불로 구매하는 사람은 거의 없을 것이다. 5억짜리 집이라고 하면 절반은 대출을 받을 텐데 2억 5천에 금리 1%만 이득을 봐도 연간 250만 원을 절감할 수 있다. 신용등급이 좋으면 금리가 1~2%가 낮아질 수 있기 때문이다.

-차 할부구매

차량도 보통 할부를 안 낄 수가 없는데 이거도 마찬가지로 금리 1~2%는 이득을 볼 수가 있다. 할부로 3천만 원짜리 차를 산다고 할 때 그 중 2천만 원을 할부할 때 연간 몇 십만 원은 금리로 이득을 볼 수가 있다.

-건물매매

신용등급으로 가장 크게 이득을 볼 수 있는 건 큰 금액의 부동산 매수일 것이다. 신용등급이 좋으면 인수 못 할 건물도 인수가 가능하다. 예를 들어 10억밖에 없는데 25억짜리 건물을 인수하려고 한다면 일반 신용등급을 가지고는 터무니없을 것이다. 하지만 이때 가장 크게 작용하는 것이 신용등급에 따른 담보율일 것이다. 신용등급이 좋으면 이런 상황에서도 대출금 자체를 많이 받을 수 있어서 구매가 가능할 수도 있는 것이다. 또 대출금에 대한 이자율도 너무 저렴해진다. 15억 원 대출에 1%만 금리 혜택을 받아도 1년에 1500만 원을 버는 격이다. 10년 간 건물을 유지한다고 하면 1억 5천만 원을 벌게 되는 것이다.

이와 같이 신용등급 상향에 따른 이득은 굉장함을 알 수 있겠다. 그래서 이런 신용등급 상향 컨설턴트가 필요한 것이다. 이런 비즈니스를 소개는 하였지만 단순히 컨설턴트 자체로 수익을 내기는 힘들다. 신용등급을 상향시켜주었다고 돈을 달라고 하면 선뜻 주지는 않을 것이다.

    이 컨설턴트는 다른 비즈니스의 무기 정도로 사용을 하면 좋겠다. 예를 들어 보험설계사라고 한다면 이런 방식으로 컨설팅을 해주고 보험고객으로 유도하기 좋을 것이다.

또 이런 컨설팅을 계기로 고객을 만날 수가 있는데 그러면서 보험 가입의 계기를 마련할 수 있겠다. 처음부터 보험 가입만을 위해 사람을 만나러 돌아다닌다면 영업하기는 참 힘들 것이지만 이와 같은 도움 되는 컨설팅을 지속적으로 해주면서 인맥을 쌓아가면서 보험을 필요로 하는 사람을 소개 받는다면 자연스러운 계약으로 이어질 것이다.

실시간 핸드폰 가격조회 시스템

유통시장에서 매일 변동하는 핸드폰가격을 실시간 산출 후
최저가를 권하는 비즈니스

이 사업을 하려면 우선 핸드폰대리점이나 판매점을 가지고 있어야 판매가 가능하다.

핸드폰 대리점이란 이동통신사에게 대리점 계약을 맺고 물건을 받아 고객을 유치시키는 것이다. 수익은 핸드폰 판매 수익과 개통된 핸드폰 통화료의 7~10% 의 수수료를 받는 구조이다. 단점이 있다면 1개 이동통신사밖에 거래를 할 수가 없다. 또 초기 자본금으로 서울은 5억 원, 지방은 1억 원이 있어야 가능하므로 진입장벽이 있다고 하겠다.

판매 대리점은 이런 이동통신사 직영대리점과 판매 계약을 맺고 핸드폰 판매 수수료만 마진으로 남기는 것이다. 하지만 재고 없이 사업이 가능하므로 초기에 별 자본 없이 핸드폰 사업을 하려면 판매 대리점부터 하는 것도 좋다.

핸드폰 가격은 변동이 없다고 일반적인 생각과 달리 거의 매일 가격이 변동한다고 보면 된다. 정책보조금, 판매장려금이 불규칙적으로 내려오고, 또 총판마다 재고 물량을 해소하기 위해 가격을 일시적으로 다운시키는 등 많은 변수들이 존재하기 때문에 핸드폰 가격은 시시각각 변동되는 것이다.

그래서 본 아이템이 나오게 되었는데 이렇게 시시각각 변화하는 핸드폰 가격 정보를 실시간 제공함으로써 고객은 보다 싼 대리점에서 핸드폰을 구매할 수 있게 정보를 제공해주는 서비스이다.

각 판매 대리점들은 변화되는 가격을 실시간 업데이트 시켜서 고객들에게 정보를 알려주는 것이다. 플랫폼에서는 이렇게 시시각각 들어오는 핸드폰 가격 정보를 가지고 비교해서 고객에게 정보를 제공하는 방식이라고 하겠다.

수익모델

이 비즈니스가 가능하려면 많은 대리점들, 총판들과 계약을 맺어서 판매 대리점을 개설하여야 한다. 판매 대리점을 내는 건 그다지 자본금이 많지 않아도 가능하므로 어려운 것은 아니다. 또 핸드폰 시장도 경쟁이 치열하므로 대리점들이 앞 다투어 판매 대리점들을 유치하려고 하기 때문에 어떻게 보면 판매 대리점들이 더 대우를 받기도 한다.

이렇게 여러 루트를 통해서 핸드폰을 받아오고 각 핸드폰마다의 가격 정보를 지속적으로 받아서 정보를 업데이트 시켜준다. 고객은 이런 정보를 바탕으로 자신이 원하는 이동 통신사와 기종을 선택해 주문을 할 수 있고 판매 대리점은 판매 절차를 통해서 판매하면 되겠다.

이동 통신 대리점 사업은 아무래도 판매 대리점보다는 직영대리점이 수익이 좋을 수밖에 없는 이유는 핸드폰 판매 후 관리수수료를 7~10% 가량을 60개월 동안 받기 때문이다.

2018년 KT의 경우 관리수수료가 4.15~8.15%인데 요금이 월 3만 원 미만일 때는 4.15%, 3만 원 이상~4만5천원 미만은 6.15%, 4만5천원 이상~7만 원 미만은 7.15%, 7만 원 이상은 8.15%를 대리점에게 준다.

SK텔레콤의 경우 요금이 5만 원 미만일 때는 6.5%, 5만 원 이상~7만 원 미만은 7.5%, 7만 원 이상은 8.5%를 관리수수료로 지급한다.

LGU+는 요금에 상관없이 7%로 관리수수료를 지급한다.

여기에 추가적인 수수료도 기대해볼 수 있는데 고가 요금제인 경우 1~2%를 별도의 인센티브로 지급하기도 한다.

이와 같이 우리나라의 이동통신 시장은 내수시장에서 굉장히 큰 비중을 차지하고 있으므로 사업을 할 여지도 많다고 하겠다.

아이큐 높이기 전문 유아학원

아이큐 높이는 모든 방법을 동원한 아이큐 높이기 유아학원

IQ 높다고 공부 잘하지 않는다. IQ 높다고 성공하지 않는다. 라는 말을 많이 들었지만 아마도 이런 말들은 좌절감에 빠지지 않도록 위안삼아 하는 말들일 것이다. 필자가 고등학교 때를 회상해 보면 성적 5% 안에 드는 애들한테 IQ를 물어보면 거의 140~150대가 나왔던 것 같다. 실제로 아래는 서울대생 77학번 신입생들의 아이큐를 측정한 것인데 인기 계열은 아이큐 평균이 전국 3~5%대 이내이었다. 또 하버드대학교, 도쿄대학 등도 보면 아이큐 백분위 4%대 이내라는 수치가 아이큐와 성적과의 상관관계를 증명하는 것이다.

77학번 서울대 신입생 지능검사결과

사회계 128.7 (상위 3.5%)

의예과 127.2

자연계 126.7

인문계 125.4 (상위 5.9%)

교육계 124.6

농학계 120.8 (상위 10.6%)

하버드 평균 IQ 128

도쿄대 평균 IQ 127

교토대 평균 IQ 121

[출처] 진짜 정확한 서울대 입학생의 평균 지능지수

이런 결과를 놓고 봤을 때 아이큐가 삶의 성공에 있어서 얼마나 중요한지를 알 수 있을 것이다. 보통 심리학계의 일반적인 연구결과에 따르면 두뇌 발달은 만4세 이하 때 50%, 만 5세~8세에 25%, 만 9세~18세에 25%가 형성이 된다고 한다. 그래서 8세 이전의 유아교육이 굉장히 중요한데 그 중에서도 특히 아이큐를 높여주는 것이 중요하다.

일반적으로 아이큐는 선천적이라고 하는데 학계에 따르면 30~50% 정도가 선천적인 영향이라고 한다. 하지만 후천적인 50~70%의 능력을 개발한다면 충분히 아이큐를 상위 5% 이내로까지 끌어올릴 수가 있다.

그래서 기획한 아이템은 8세 이하의 유아들을 대상으로 한 아이큐 높이기 유아학원이다. 아이큐 높이기 학원에서는 최소 20이상의 IQ상승목표를 가지고 운영된다.

실제로 6개월 단위로 측정된 아이큐 검사에서는 부모를 만족시킬 것이다. 여기에 활용되는 아이큐 상승 커리큘럼은 세계적으로 증명된 뇌 발달 프로그램으로 구성이 되어있다.

1년이 지나도 아이큐 상승이 없을 경우 전액 환불도 보장한다. 그만큼 세계적으로 검증된 아이큐 상승 프로그램들만 가지고 지도해나가기 때문에 침팬지도 아이큐를 10 이상은 올릴 수가 있다고 장담한다.

보통의 유치원에서 지도하는 방식도 거의 아이큐 향상에 도움이 된다. 하지만 감으로만 할 뿐이지 이런 교육이 어떻게 좋다는 수치상으로는 정의해놓지 못해서 학부모의 입장에서는 막연한 생각이 들 수가 있다.

하지만 이 방식은 전문적으로 아이큐를 상승시켜 수치적으로 보여주면서 결과를 얻는데 목적이 있다고 하겠다. 결과적으로 아이큐가 수치상 20 이상이 올라갔다면 학부모로서는 굉장히 만족해할 것이다.

아이큐를 상승시키는 방법들

-IQ 향상에 단기기억력의 중요성

2008년 미시간대학교의 단기기억에 대한 연구에 따르면 단기기억력 향상이 아주 중요한 비율로 순수지능을 형성한다는 점을 발견했다. 즉 단기기억력을 반복 연습할수록 뇌 기능의 순수한 형태에서의 발달이 더 된다는 것이다.

-집중력향상이 IQ를 높인다.

IQ가 높을수록, 중요한 사물에 대한 집중력이 높은 한편, 이 집중을 방해하는 것 같은 배경의 움직임을 무시할 능력이 높다는 것을 발견했다. 이 결과는, 집중력이 뇌를 더 효율적으로 만들고, 그 결과로 지적 능력을 향상시키는지에 대한 중요한 단서가 되기도 한다. 신경과학자들은 집중이 학습의 필수조건이며, 따라서 결국 집중이 지능을 높여준다는 점을 반복 입증했다. 같은 논리로 볼 때 집중과 유사한 열정이라는 것도 IQ를 높이는데 도움이 된다고 UCL의 프라이스는 말한다.

-외국어 학습이 IQ를 높인다.

캐나다의 요크대 인지과학자 엘런 비알리스톡의 연구결과에 의하면 두 가지 언어를 사용하게 되면 언어를 구사하는데 동원되는 피질 회로가 동시에 활성화된다. 전전두피질의 활성화가 문제 해결이나 집중력 같은 IQ향상을 유발한다고 한다.

또 캐나다 콘코디아대학교 연구팀이 만 24개월 아기 63명을 두 그룹으로 나눠서 한 그룹은 한 가지 언어만, 다른 한 그룹은 영어와 프랑스어를 배우게 한 결과 두 개의 언어를 학습한 그룹이 집중력과 인지력이 더 높게 나오는 걸 발견했다. 이를 연구한 다이앤 폴린-뒤부아 교수는 "두 번째 언어에 일찍 노출되는 것은 집중력을 높이는 것으로 나타났다"고 평가했다.

-IQ 높이려면 악기 배워야

스위스 취리히대학교 양케 박사 연구팀에 따르면 악기를 배우면 뇌 기능이 크게 향상되며 IQ를 7포인트 이상 올릴 수 있는 것으로 나타났다. '기억과 듣기, 신체를 움직이는 기능과 관련된 뇌 부위가 특히 활성화된 결과라고 했다. 또 악기 연주는 어린이뿐만 아니라 어른들의 IQ도 향상이 된다고 한다.

-IQ 높이려면 근력운동·신체놀이를 통한 자극이 효과적

한국의 두뇌발달 분야의 권위자인 변기원 박사에 의하면 어린이의 IQ를 발달시키려면 근력운동, 신체활동놀이를 통한 뇌 자극이 뇌를 발달시키는데 아주 효과적이라고 한다.

2005년 미국 일리노이 주 네이퍼빌 고등학교에서 매일 아침 수업 시작 전에 강도 높은 체육활동을 하였는데 3년 동안 참여한 학생들의 성적이 획기적으로 높게 나타났으며 특히 문학, 수학 등 주요과목에서 꾸준한 성적향상 효과가 나타났다는 사례가 있다.

또 미국 케이스 웨스턴 리저브대학 생식생물학과 교수는 '운동이 아기에 미치는 영향'이라는 주제로 20연간 임산부의 운동에 관해 연구해온 사례가 있다. 매일 열심히 운동한 임산부 34명과 운동을 하지 않은 임산부 31명을 추적 조사했는데 아이들이 5세가 되었을 때 IQ 테스트를 한 결과 운동을 한 산모에게서 태어난 아이들이 훨씬 두뇌가 좋은 것을 알아냈다고 한다.

비즈니스의 진행

이 비즈니스를 하기 위해서는 실제로 아이큐를 상승시키는 유아교육방식들을 가지고 커리큘럼을 개발해야 한다. 전문적인 연구소를 만들어서 세계적으로 증명이 된 아이큐 상승 요인들을 수집해서 프로그램을 개발해야 한다.

웩슬러 박사의 이론에 따르면 아이큐를 언어이해, 지각추론, 작업기억, 처리속도의 4가지 분류로 구분을 하여 각기 개발시켜주어야 한다. 연구할 시간이 부족하다면 해외에서 로열티를 주고 프로그램을 구매해야 할 것이다. 아니면 시간이 걸리더라도 각 분야별 프로그램을 개발하는 수밖에 없다.

아이큐 상승 프로그램을 확보한 후 아이큐 개발 전문 학원을 개설한 후 부모들에게 아이큐 향상의 필요성을 각인시켜 원생을 늘려나가면 되겠다.

이 방식은 나중에 전문 프랜차이즈로도 확장이 가능하므로 한 개의 학원이 성공한다면 프랜차이즈 방식의 성공이 가능하리라 본다. 또 사전에 많은 연구를 토대로 프로그램을 제대로 개발했다면 진입장벽도 있어서 여타 업체들이 진입하기는 힘들 것이다.

또 이런 방식의 사업은 먼저 진입하여 브랜드 인지도를 정착시키는 것이 중요한데 이렇게만 된다면 그 후의 사업 확장은 어렵지 않을 것이다.

프랜차이즈 본사에서는 연구소를 만들어 지속적으로 아이큐 상승에 대한 빅데이터를 쌓아가고, 해외에서 검증된 사례들을 가지고 프로그램도 개발해나가고 한다면 훌륭한 사업이 될 것이고, 나중에는 인재 양성으로 인해 국익에도 도움이 되리라 본다.

아이큐 검사 후 두뇌개발 학습 프로그램

아이큐 검사 후 부족한 분야를 보강하는 8세 이하용 두뇌발달 학습 프로그램

본 아이템은 유아의 두뇌개발 학습지를 판매하는 비즈니스이다. 보통 심리학계의 일반적인 연구결과에 따르면 두뇌 발달은 만 4세 이하 때 50%,만 5세~8세에 25%, 만 9세~18세에 25%가 형성이 된다고 한다.

그러므로 두뇌 발달을 시키려면 8세 이하 때까지 집중적으로 발달을 시켜주는 것이 중요하다. 머리가 좋은 아이는 학습을 하더라도 보다 효과적으로 짧은 시간 안에 다른 사람보다 많은 학습효과를 거둔다. 그럼으로써 명문대에 갈 수 있는 기반이 되는 두뇌를 소유할 수가 있는 것이다.

현재 아이큐에 대한 보편적인 기준은 세계 지능검사표준(WAIS)을 개발한 미국 심리학자 데이비드 웩슬러의 정의를 따른다. 웩슬러는 웩슬러 검사라는 아이큐검사 프로그램을 개발하기도 했는데, 인간의 아이큐를 언어이해, 지각추론, 작업기억, 처리속도의 4가지로 구분하고 각 분야별의 수치를 종합하여 아이큐를 숫자상으로 평가를 할 수 있게 하였다. 물론 이 방식이 100%는 아니더라도 지금까지 방식 중 그나마 현실성이 있어 보인다.

보통 웩슬리검사를 해보면 언어이해 쪽이 발달한 어린이가 있고 지각추론 쪽이 발달한 어린이가 있다. 물론 둘 다 수치가 높은 경우도 있다. 이건 나중에 사회적인 적성이나 진로를 선정하는데 중요한데 아무래도 언어이해쪽이 발달하면 인문계 분야가 적성이 맞을 테고 지각추론 분야가 발달하면 이공계 분야가 적성이 맞을 것이다.

하지만 어린아이 같은 경우 한쪽으로 두뇌 발달이 치우치기보다는 부족한 분야가 없는 것이 중요한데 다른 아이들보다 현격하게 부족한 부분이 있게 되면 학습이나 사회생활 등에 불편함이 있을 것이다. 예를 들어 수학적인 능력은 천재적인데 언어이해, 소통능력이 현격하게 떨어진다면 천재인데도 불구하고 학교에서는 바보 취급을 받을 수 있고, 서번트 증후군의 의심을 받을 수도 있겠다. 또 부모가 봤을 때 언어이해쪽이나 소통능력 등 일상생활을 하는데 전혀 문제가 없는데 수학능력이나 지각능력이 부족하다면 실제 회사에 들어가게 되면 저 능률 사원으로 낙인 찍혀 사회적으로 도태될 수가 있는 것이다.

그래서 기획하게 된 것이 아이큐 검사 후 부족한 부분을 보완해주는 두뇌개발 학습 프로그램이다. 그러므로 이 프로그램의 주된 목표는 잘하는 분야를 더 개발하는 것은 아니고 부족한 부분을 보완, 개발해나가는 프로그램이라고 할 수 있겠다.

비즈니스 진행

먼저 언어이해, 지각추론, 작업기억, 처리속도를 판별할 수 있는 아이큐 측정 프로그램을 개발해야 한다. 로열티를 지불하고 사용하는 것이 좋겠다. 아이큐 측정하는 프로그램은 개발 된 것이 많으므로 이 비즈니스에 맞는 걸로 선택하면 되겠다.

어린이의 아이큐 측정은 무료로 진행할 수 있어야 한다. 주로 인터넷이나 앱이나 설문지 같은 것으로 측정을 해서 해당 어린이의 분야별 아이큐를 파악할 수 있어야 한다.

동시에 보완, 개발할 분야가 어느 분야 인지를 알아내어 여기에 맞는 학습프로그램을 권유해주어야 한다.

수익모델

이 비즈니스의 수익모델은 학습프로그램의 판매이다. 또는 기간을 두어 학습프로그램을 사용할 수 있는 권한을 주는 방식도 괜찮다.

보완할 분야를 개발할 수 있는 학습프로그램은 학습지 방식으로 매주 발송해주는 방식도 될 수 있고, 인터넷 상에서 학습을 할 수 있어도 좋다. 인터넷 상에서 학습을 한다고 하면 월 회비나 분기별로 회비를 받아 해당 프로그램을 자유롭게 이용할 수 있으면 좋겠다.

또 해당 프로그램을 사용 후 3개월 단위, 6개월 단위로 아이큐를 재측정 해나가야 하는데 이 프로그램을 통해서 얼마나 지능이 향상되었는지를 파악하면서 진행해나가야 한다.

속도가 더디다면 주당 학습 시간을 더 늘린다던지 해서 최소 1년 이내는 평균 수치 이상을 달성하도록 해야 한다.

이 프로그램은 나이가 어리면 어릴수록 향상 속도가 빠를 것이다. 왜냐하면 실제로 어린이의 아이큐를 높이는 학습을 집중적으로 시켰을 때 만 7세 이상이 되면 개발 속도가 더뎌진다는 임상 사례가 있기 때문이다. 이 임상사례는 위의 심리학계의 일반적인 두뇌 발달 연령과도 밀접한 연관이 있는데 보통 만 8세 이전에 두뇌의 75% 정도가 개발이 된다는 것이다.

그러므로 이와 같은 어린이의 두뇌 발달 프로그램의 시작은 어리면 어릴수록 좋은 것이다.

아파트, 오피스텔 공동구매

**아파트 분양받을 사람을 단체로 모집하여
중간 마진 없이 시행사로부터 직접분양 받는 플랫폼**

아파트, 상가, 오피스텔과 같이 대량의 분양을 해야 하는 경우 중간에 분양광고대행사가 대행을 해준다. 분양광고대행사는 분양업무만 전문으로 회사로 자사가 가진 모은 네트워크를 동원해 분양을 성공적으로 해준다. 그래서 대량의 분양을 필요로 하는 경우 시행사들은 베테랑의 분양광고 대행사와 거래를 하려고 한다. 현재 국내에서 분양되는 아파트, 상가, 오피스텔 등은 모두 중간에 분양 광고 대행사가 있다고 봐야 한다. 그렇지 않은 곳은 한 군데도 없었던 것 같다.

하지만 지금 기획하는 분양공동구매 아이템은 중간에 분양광고 대행사를 끼지 않고 분양받을 사람을 모집하여 시행사와 직거래를 하는 방식이다. 보통 아파트의 분양대행 수수료는 1.5% 선인데 5억짜리 아파트의 경우 750만 원이나 중계업체가 마진을 가져가는 것이다.

그래서 분양받을 사람들끼리 모여서 시행사와 직거래를 함으로써 750만 원을 아끼는 비즈니스 모델이다. 이와 같이 집단으로 시행사와 거래를 할 경우 B2B 모델이 되어 협상만 잘 이루어진다면 아파트 1채당 1천만 원을 절약할 수도 있다. 이건 협상을 얼마나 잘 하느냐에 달렸는데, 지어진 아파트가 50% 이상 미분양 상태로 오래 간다면 이건 20%도 할인을 받을 수 있다. 5억짜리를 4억에 살 수도 있다는 것이다.

이런 경우는 실제로 많이 존재하고 있고, 실제 사례를 들면 경기도 중소도시에 대단위 아파트가 지어졌는데 분양가가 8억 중반대를 유지하다가 나중에는 6억대로 떨어진 경우가 발생했다. 이렇게라도 분양하지 않고는 시행사가 부도가 나기 때문에 원가에라도 분양을 마치는 것이다.

보통 대단위 아파트가 지어지려면 준비 단계부터 분양 단계까지 거의 3-5년이 걸리는데 그 사이 분양을 받을 사람들의 공동구매를 조성하여 시행사의 협상을 하는 방식으로 비즈니스를 펼쳐나가면 되겠다.

수익모델

시행사로부터 받는 중계 수수료가 되겠다. 약 0.5% 이하가 적당하겠다. 어쩌면 이 사업 자체가 분양광고 대행사가 하는 비즈니스와 비슷한데 이건 사용자 입장에서 펼쳐지는 비즈니스라는 점이 다르다.

분양광고 대행사는 시행사로부터 오더를 받고 분양주들을 모집하는데 반해 본 사업은 분양주들을 먼저 모집하고 시행사와 협상해 나가는 과정이라고 볼 수 있겠다. 그러므로 분양주들도 잘 모아야 하고 협상도 잘 해야 한다.

비즈니스 진행

분양 공동구매 사이트나 앱플랫폼을 제작하여 분양주들을 모으는 방식이다. 시행사로부터 오더를 받는 형식이 아니라 분양주들을 먼저 모집하여 시행사와 협상을 벌여나가는 구성이다.

그런데 시행사와 분양대행사와 독점 계약을 하는 경우가 있다. 시행사에서 모든 분양을 분양대행사에 위임하는 경우다. 이럴 경우도 걱정 없다. 시행사와 분양주들의 중간다리 역할을 분양대행사가 해달라고 하고, 분양대행사의 마진율도 최소로 협상해나가면 되겠다.

분양주들의 확보가 된 경우 그 다음은 협상의 단계인데 협상자의 중요도는 매우 크다. 그러므로 협상자에게도 매출의 일정 %를 주고 정말 베테랑 급의 협상자를 선임하여야 한다. 정부의 유관기관 전관예우면 정말 좋다. 정부기관까지 연결이 가능하므로 시행사로써는 예의를 갖출 수밖에 없다.

이런 비즈니스는 다음과 같은 사례에서 빛을 발할 것으로 보인다. 예를 들어 1000세대 아파트인데 1-2년이 지나도록 50% 이상의 물건이 미분양으로 남아있다. 시간이 지나면 지날수록 시행사의 자금 압박은 엄청나서 부도가 날 수도 있다. 분양대금이 안 들어오니 금융권에 상환이 힘들어져서 제 2금융권, 사채까지도 써야 한다.

이런 사례가 정말 비일비재해서 기 입주자들까지도 피해가 막심하다. 관리비를 입주자들이 공동부담 해야 하는데 공동관리비를 입주자들이 1/N 로 내야 하기 때문에 금전적인 부담이 커진다. 이런 경우 아파트 공동구매 플랫폼을 통하여 분양주들을 모아 아파트를 2/3 가격에 구매하는 것이다. 기 입주자들의 항의는 좀 있겠지만 이게 자본주의 시장의 논리이다. 이렇게라도 안하면 시행사고, 기입주자고 다 죽기 때문이다.

마치 이건 프라이스라인과 같은 항공권 역경매 시스템과도 비슷한데 팔리지 않는 항공권을 덤핑 가격에라도 팔아서 비행기를 띄우는 방식이다.

아파트나 오피스텔 시장에서 이런 방식이 제대로 먹혀 성공한다면 여기서 발생하는 차익은 엄청난 것으로 보인다.

애널리스트 입점형 증권정보 플랫폼

주식전문 애널리스트들을 입점 시켜 유료회비의 30%를 주는 플랫폼 비즈니스

증권 정보제공 사이트란 월 일정금액의 회비를 내고 증권 정보제공 사이트의 전문 애널리스트들이 제공하는 주식정보를 받아볼 수 있는 서비스이다. 적게는 만 원대부터 규모가 크고 유명한 애널리스트를 두고 있는 곳은 월 회비만 1백만 원을 넘게 받는 곳도 있다. 그러므로 증권정보사이트의 성패는 얼마나 적중률 높은 애널리스트를 많이 보유하는가에 달려있다.

본 비즈니스는 팍스넷과 같은 증권 정보제공 사이트이다. 하지만 방식은 틀린데 일반적인 증권 정보제공 사이트는 사이트가 주도적으로 증권 애널리스트를 초빙하여 증권정보를 분석하여 고객에게 일방적으로 제공하는 방식이다.

하지만 본 플랫폼은 증권애널리스트 입점형 비즈니스 이다. 증권 애널리스트들은 입점하여 사이트 내에서 자신만의 회원을 유치할 수가 있다. 어떻게 보면 메가스터디 방식과도 유사한데 회사에서는 플랫폼 안으로 모객을 하는데 모객된 회원을 다시 한 번 자신의 유료회원으로 전환시켜 매출을 발생시키는 모델이다. 또 발생한 매출을 가지고 플랫폼사와 증권애널리스트가 7:3 정도의 비율로 수익을 분배하는 방식으로 이루어진다.

어떻게 보면 플레이스토어나 아이폰앱 방식과도 비슷하므로 이해하기는 어렵지 않을 것이다. 그런데 증권플랫폼에서는 애널리스트의 수익분배 비율이 30% 정도밖에는 안돼서 의아하게 생각할 수도 있는데 현재 이와 같은 증권정보 제공 사이트들이 경쟁이 격화되어서 매출의 상당량을 광고비를 지출해야 하기 때문이다. 광고비 비율이 거의 매출액의 40% 이상이 넘을 것이다. 광고비를 뺀다면 회사대:애널리스트의 수익쉐어 비율은 거의 5:5 정도가 될 것이다.

비즈니스 구성

증권정보사이트를 인터넷과 앱 등으로 제작하여 회원을 유치한다. 사전에 인지도가 있는 증권전문 애널리스트들을 입점 시켜서 증권정보를 받을 수 있는 시스템을 마련하여야 한다. 각 애널리스트들은 자신의 브랜드를 이용하여 고객을 확보해야 하는데 고객은 회사 차원에서 광고비를 투자하여 모집을 해야 한다. 그러므로 비용에서 광고비가 차지하는 비율이 상당할 수 있겠다.

고객들은 애널리스트를 선택할 수 있고 자신이 선택한 애널리스트로부터 주기적으로 주식정보를 받아볼 수 있다. 여기에는 무료정보도 있겠고, 유료 정보와 같은 고급정보들도 있을 것이다. 유료정보를 받아보려면 월 회비 형태로 결제를 해야 하는데 월 결제

금액은 애널리스트에 따라 각기 다르다.

얼마나 수익을 내줄 수 있느냐가 유료회원 모집의 가부를 결정할 것이다. 애널리스트가 추천한 종목 중 많은 종목들이 주가가 상승한다면 유료회비가 결코 아깝지 않아 많은 결제가 이루어질 테고, 하락 종목 위주라면 단 한사람도 유료 결제를 하지 않을 것이다.

수익모델

이 비즈니스 모델은 각 애널리스트들의 집단지성을 활용한 개방형 플랫폼 모델이다.

플랫폼 입장에서는 전국에 유명한 애널리스트들을 입점 시켜 사이트의 가치를 상승시켜야 한다. 아무래도 이름 있는 애널리스트들이 추천한 종목은 주가가 오를 가능성이 높으므로 고객들의 유료 결제가 많이 이루어질 것이다.

플랫폼은 각 애널리스트 별로 달리 계약을 할 수 있는데 인기가 많은 애널리스트에게는 매출의 50%를 줄 수도 있고, 인기가 거의 없는 애널리스트에게는 10%의 수익을 줄 수도 있다.

각 애널리스트 입장에서는 좋은 종목을 추천할수록 더 많은 이익을 가져갈 수 있으므로 굉장한 노력을 할 것이고, 그 만큼 대가를 지불 받을 것이다.

예전에 유명한 증권정보 사이트의 경우 한 달 유료 회비가 50만 원이었는데 회원 수만 만 명이 넘었다고 한다. 한 달 유료 회비를 합산해보면 거의 50억 원 대가 넘었던 것이다.

이와 같이 증권정보 사이트를 잘만 운영하면 굉장한 사업이 되는데 이 플랫폼은 이런 증권정보 사이트들을 하나의 플랫폼 안에 입점 시키는 방식이므로 성장성은 어마어마하겠다.

여행상품 가격비교사이트

각 여행사별로 가격정보를 받아서 하는 여행가격 비교사이트

여행상품은 크게 항공, 숙박에 따라 가격이 정해진다. 이런 여행상품에 대한 가격비교 서비스이다.

여행상품은 사실상 무형의 상품으로 정확한 가격비교는 힘들다. 또 여행사별로 가격비교를 당하는 걸 별로 선호하지 않아서 국내 1,2위는 선뜻 자사의 정보를 오픈하길 꺼려할 것이다. 게다가 업계 1, 2위 업체 여행사는 홀세일 방식(도매로 대리점에 내려주는 방식)이라서 직판보다는 가격이 올라갈 수밖에 없다.

같은 여행상품이라면 직판이나 현지 랜드사가 서비스를 하는 곳이 훨씬 저렴하다. 국내 1, 2위 업체들도 이런 랜드사의 상품을 올려놓고 판매하는 경우가 많다.

결국 여행상품 가격비교사이트는 직판여행사 위주의 가격비교가 될 것이다.

비즈니스 방식

여행상품을 서비스하거나 팔려면 먼저 여행사 등록을 하고 대리점 등록형태로 사업을 해야 할 것이다. 각 직판 여행사나 랜드사로부터 여행상품들을 받아서 가격을 비교해줘야 할 것이다. 그러려면 최대한 많은 곳의 직판여행사들의 여행 상품을 올려놓아야 할 것이다.

여행상품 가격비교서비스가 지금까지 시장에서 그다지 성공을 못한 이유 중에 하나가 큰 업체일수록 가격을 비교 당하기 싫어서 가격 오픈을 안 해주는 이유가 클 것이다.

게다가 우리가 알고 있는 국내에 큰 여행사들은 직판 방식이 아니다. 랜드사들로부터 여행상품을 받아다가 자사의 소규모 대리점에 7-8%의 수수료를 떼고 넘기는 방식의 사업방식을 취하고 있다. 홀세일 방식이라고도 한다. 그러므로 대형 여행사는 다른데 입점해서 판매를 한다든지 하지를 않는다. 하부의 대리점들을 보호하기 위해 직판 자체를 거의 안한다고 봐야 한다.

그래서 가격비교사이트 등에 입점을 거부하는 것이다. 또한 가격도 맞지가 않기 때문에 가격비교사이트에 대형업체를 넣으려고 하면 안 된다. 쇼핑몰 가격비교사이트들은 옥션이나 지마켓, 11번가 등 대형업체 위주로 가격비교를 해주는데, 실제로 3사의 상품들이 제일 저렴하기도 하기 때문에 고객들이 믿고 가격비교를 하는 것이다.

하지만 여행상품 가격비교는 이런 논리로 접근하면 안 된다는 것이다. 홀세일을 하는 대형 브랜드의 업체가 오히려 가격이 비싼 현상이 있으므로 입점 자체도 꺼려한다. 자사의 여행상품이 가격비교를 당한다면 '자사의 상품은 무조건 비싸다'는 광고를 하는

격이기 때문이다. 물론 홀세일 업체들도 나중에는 제휴를 해야 하는데 고객들이 기억하는 브랜드는 큰 업체 위주이기 때문이다.

일단 직판 여행사의 상품 위주로 규모를 키워서 나중에 대형업체 상품들 중 싼 상품들을 선별해서 가격비교를 해주는 식으로 사업을 확장해나가면 좋다. 아무래도 큰 업체들이 다 빠져 있다면 고객들은 신뢰를 안 할 수 있기 때문이다.

수익모델

여행사에서 받아 상품을 팔면 보통 7-8%의 마진을 준다. 항공권 포함 패키지 상품의 경우라고 보면 되겠다. 자유여행 같은 건 더 수수료가 낮을 것이다. 이 정도면 너무 마진이 적다고 할 수 있겠으나 보통 패키지여행은 몇 명이서 가거나, 단체로도 많이 가므로 주문 건당 평균 몇 백만 원 정도의 매출이 발생한다. 여기서 7-8%의 마진이니 너무 적지는 않다.

여행 가격비교 서비스를 하려면 직방이나 야놀자와 같이 앱 방식으로 대규모 광고로 브랜드화 시키면 성공할 것인데, 주의할 점이 있다. 이런 방식으로 단숨에 서비스를 키우려면 직접 판매를 하는 방식으로 하면 소화를 하지 못한다. 직접 판매를 할 경우 여행사 직원 한 명당 한 달 1억5천만 원 이상의 매출을 소화하기 힘들다. 그러므로 수수료를 적게 받더라도 입점해있는 여행사로 고객을 넘겨주는 방식으로 서비스를 해야 한다.

필자가 온라인여행사를 잠시 한 적이 있었는데 여행업은 광고를 하면 모객은 엄청나게 쉽게 된다. 자사의 일부 회원에게 여행상품 견적 메일을 보냈더니 순식간에 몇 백건의 견적의뢰 문의가 접수되었다. 하지만 이런 문의를 매출로 연결하는 여행상품판매 전문 오퍼레이터의 부족과 비전문성으로 고전했던 기억이 난다. 그만큼 여행상품판매는 숙력된 직원이 필요 했었던 것이다.

지금 생각하면 여행상품 문의가 대량으로 들어올 경우 수수료를 적게 받더라도 직판여행사로 직접 넘기는 것이 훨씬 낫다는 것이다. 직판 여행사본사는 아무래도 숙력된 여행사직원들이 상주해있고, 항공권 발권 등의 까다로운 업무도 문제없이 처리할 수 있기 때문이다. 이런 방식으로 계속 늘려갔었더라면 지금쯤 큰 인터넷 여행사가 되지 않았을까 후회가 되기도 한다.
왜냐하면 여행사들이 인터넷광고 쪽에 그다지 밝지가 않기 때문인데 그 이유는 있다.

잘 알려진 국내 유수의 여행사들은 여행상품을 직접 판매하지 않고 대리점에 넘겨주는 홀세일 방식이기 때문에 그다지 광고를 집중해서 하지 않고, 브랜드 홍보만 가끔씩 한다.
광고를 죽어라고 하는 업체들은 직판 여행사들인데 생각보다 그렇게 많지가 않다. 그 얼마 안 되는 업체들도 인터넷 광고를 주로 했던 건 아니고, 주로 신문지면 광고를 했던 업체들이다. 그러므로 인터넷광고의 달인인 회사가 인터넷 광고를 위주로 여행사를 운영해나간다면 충분히 승산이 있어 보인다.

최근 인터넷광고 기반의 영어교육 전문회사인 야나두의 성공 사례를 보면 알 수 있는데 경쟁업체가 TV광고 위주로 광고를 해나갈 때 야나두는 정확한 타깃을 잡아서 인터넷광고 위주로 매출을 늘려나갔다. 물론 대박이 터진 후 TV광고도 많이 진행한다. 또 숙박앱의 후발 주자인 여기어때도 마찬가지로 원래 광고대행사로 출발했던 업체이다.

그만큼 여행사와 같은 오프라인 사업은 앞으로 인터넷광고 기반의 회사가 사업해나간다면 충분히 성공하리라 본다.

영업노하우를 전수하는 교육학원

보험, 자동차, 제약 등 영업사원들이 실전에서 쓸 수 있는 영업스킬 전수

영업노하우를 전수하는 학원이 무슨 비즈니스 모델이 될까하고 의아해할 수 있지만 실제 잘되는 곳은 1년에 몇 십억 원을 버는 곳들도 있다.

영업사원들은 영업이 생업이기 때문에 영업노하우를 전수받을 수 있다면 강의료 100만 원도 아깝지 않다. 실제 영업노하우를 전수받고 연봉 1억을 실제로 달성한 후기들이 연이어서 올라오기 때문이다. 그러므로 이 사업은 카페, 블로그, 밴드, 페이스북 등 커뮤니티를 구성해서 사업을 해나가야 한다.

100만 원짜리 강의를 10명이 들었는데 그 중 한두 명만 연봉 1억을 달성해도 대박 사건인 것이다. 나머지 8~9명은 내가 잘 못해서 못했다고 생각할 것이다. 왜냐하면 10명 중 이미 1~2명은 연봉 1억 원을 달성했기 때문이다.

그리고 실제로 100만 원짜리 강의를 듣는다면 못해도 그 전보다는 판매 스킬이 좋아졌을 것이다.

그런데 이 비즈니스를 하기 전에 이 사업을 하려는 주최자가 영업으로 성공을 했어야 한다. 그래야 전수할 것도 있을 것이다. 영업에 성공한 사람은 분명 노하우가 있을 것이다.

평범하게 했으면 평범한 매출을 올렸을 것이다. 그러므로 반드시 영업에 성공을 해본 사람이 이 비즈니스를 하기를 권장한다. 물론 축구를 못해도 명 축구 감독이 될 수는 있기 때문에 반드시 영업사원 출신이 아니어도 좋다.

그렇다면 먼저 영업에 성공한 사례 몇 가지를 알아보자

영업에 성공한 사례들

-단타로 끝내지 말고 반드시 3명의 소개를 받아라.

우연히 물건을 구매하려는 사람을 만나서 물건을 팔았을 경우 그걸로 끝내면 안 되고 반드시 소개받을 사람을 3명받아 오라. 이건 보험 소개영업에 가장 기본인데, 모든 영업은 단타로 끝내지 말고 반드시 3명 이상의 소개를 받아서 줄줄이 연결로 다음 고객을 발굴해야 한다. 정 안되면 사례라도 해서 그 다음 대상을 소개를 받아야 한다. 그런 후 누구누구의 소개로 연락을 했다고 하고 마침 근처 지나가는 길인데 차라도 한잔하자고 하면 큰 부담 없이 만나 줄 것이다.

– 생필품을 미끼로 하라

목표로 하는 고수익 상품을 팔려면 먼저 돈 안 되는 생필품으로 접근하는 방식이다. 예를 들어 30만 원짜리 종신보험을 판매를 목표로 한다면 처음부터 이걸 고객에게 들이댄다면 거부감을 표시할 것이다. 하지만 반드시 1년마다 의무적으로 가입해야 하는 자동차보험을 권유한다면 상대방은 어차피 의무로 가입해야 하는 것이고, 기한도 다가오고 해서 별 거부감 없이 만남을 수락할 것이다. 그렇게 만나서 '당신이 만일 불의의 자동차 사고를 당하면 가족은 생계가 힘들 수 있으니 종신보험 1억짜리라도 대비해야 한다.'라는 멘트를 날리면 10명 중 1~2명은 가입할 수 있다.

그러므로 잠재고객의 확보는 돈 안 되는 자동차보험이나 보험금 청구를 대신해주는 식으로 최대한 확보를 해놓고 목표로 하는 상품은 나중에 권유하는 방식으로 하는 것이다.

- 상대가 원하는 걸 처리해주고 그에 대한 보상으로 판매하라

예를 들어 회사를 상대로 하는 B2B 영업을 한다면 그 회사가 필요로 하는 정책자금대출이나 고용환급금, 직원 퇴직금처리, 가지급금처리, 상속 등의 문젯거리를 먼저 해결해주고 그에 대한 보상으로 목표하는 상품을 판매하는 방식이다.

이런 문제를 처리할 수 있으려면 이 분야에 대한 공부를 먼저 선행해야 한다. 몇 달이고 도서관에서 공부를 한다든지 학원을 다닌다든지 해서 전문적인 지식을 쌓아야 한다. 그 분야에 대해서는 상대와 대화에서 밀리면 안 된다는 것이다. 사실 회사대표들이 매출에는 밝은데 회사의 주변 상식들은 잘 모르는 경우가 많다.

예를 들어 고용환급금을 물어보면 최근 청년고용환급금은 1인당 연 900만 원씩 3연간 지원 되므로 이걸 신청 대행을 해준다든지 해서 도와주고 목표로 하는 종신보험 50만 원짜리를 사인 받아오는 방식이다. 종신보험은 또 상속용으로 적합하므로 회사대표들이 가입하고 수익자 변경을 나중에 아들로 변경하면 도움이 많이 된다.

이런 방식의 영업도 B2B 회사들이 자주 쓰는 영업 플랜이다.

이것과 별개로 대학에서도 영업에 대한 연구를 진행한 적이 있는데 아래는 미국의 하버드대학의 사례이다.

하버드대에서 기술적 분석한 영업노하우

하버드대학에서 영업에 대한 판매 스킬이 아닌 기술적인 분석을 내놓았는데 다음과 같다.

1.영업하기 좋은 요일: 수요일과 목요일인데 월, 화요일에 비해 49%나 영업 성공률이 높았다.

2.하루 중 가장 연락하기 좋은 시간대: 오후 4~5시로 오후 1~2시에 비해 무료 164% 이상의 성공률을 기록했다.

3.상담신청에 대한 최적의 응답시간: 신청 후 5분 이내가 가장 좋은데, 신청 후 10분보다 무려 400%의 차이를 보였다.

4.상담 신청 후 몇 번째까지 연락 시도를 하는 게 좋을까? : 상담 신청 후 첫 번째 응답 확률은 40%, 두 번째 응답확률은 60%이고

여섯 번째 응답확률은 무려 90%이다.

　　이제 영업의 단계를 보자면 영업이란 몇 가지 단계가 있는데 첫 번째는 잠재고객을 확보하는 접근단계이다.

잠재고객을 확보하는 방식은 인터넷광고, 블로그, 카페, 소개 등이 있을 것이다. 잠재고객을 꾸준히 늘릴 수 있는 시스템이 되어 있어야 한다.

　두 번째는 잠재고객을 가망고객을 전환 단계이다.

10명의 잠재고객을 만나면 그 중 몇 명을 가망고객으로 전환시킨다. 잠재고객 중 가망 고객으로 넘어가는 확률을 높이는데 많은 노하우들이 총 동원될 것이다. 하나 못해 대납이나 선물을 해주는 경우도 있다.

세 번째 가망고객을 계약고객으로 전환 단계이다.

가망고객이라고 해서 결정 난 것은 아니다. 최종적으로 계약서에 사인을 해야 목표가 달성되므로 이 부분도 공을 들여야 다음 소개영업이 가능하다.

이와 같이 영업의 방법은 수많은 사례가 있고, 노하우가 있고, 지금도 수많은 스킬들이 개발되고 교육되고 있다. 그러므로 이렇게 수많은 사람들이 개발해놓은 영업노하우를 100만 원 정도에 전수

를 해준다면 의외로 많은 영업사원들이 기꺼이 지불할 용의가 있
는 것이다.

100만 원에 영업노하우 전수에는 이런 논리가 바닥에 깔려있
는데 100만 원을 투자하여 연봉 2천만 원에서 3천만 원으로 늘
어난다면 1천만 원의 이익을 본다는 논리이다. 그러면 투자대비
900%의 이익을 얻는 것이다. 이 말은 굉장히 설득력이 있는데 이
강의를 듣고 단돈 1만 원도 연봉이 오르지 않는 사람은 100% 환불
해준다는 단서조항도 있기 때문에 거부감이 많이 반감되는 것이
다. 이 강의에 수강 신청을 하는 것 자체도 영업의 논리가 들어가
고 있는 것이다.

그런데 실제로 유명 강사의 100만 원짜리 강의에는 매달 수백 명
이 수강을 한다. 월 300명이면 3억을 버는 것이다. 그리고 이 강사
는 계속 새로운 스킬을 공부해서 개발해나가야 할 것이다. 한번
들어서 효과를 본 사람을 대상으로 재수강을 끌어내야 하기 때문
이다.

이런 사례와 같이 이 비즈니스는 생각 보다 많은 수익을 가져
다주고 있다. 영업에 성공을 해본 적이 있는 사람이라면 고려해볼
만하다.

온오프라인을 연동한 체험마케팅 대행스토어

가전, 교구, 화장품 등을 무료로 체험해 볼 수 있고,
무료 샘플도 제공해주는 스토어

　　체험마케팅 [experience marketing] 이란 "마케팅 소비자들의
직접 체험을 통해 제품을 홍보하는 마케팅 기법. 기존 마케팅과는
달리 소비되는 분위기와 이미지나 브랜드를 통해 고객의 감각을
자극하는 체험을 창출하는데 초점을 맞춘 마케팅이다."
이 내용은 백과사전에 있는 '체험마케팅'이라는 용어에 대한 사전
풀이다. 체험마케팅은 현실적으로 엄청난 매출 상승효과를 가져
왔는데 체험마케팅에 대한 수많은 논문이 쏟아지고 있을 정도로
연구가 활발히 진행되고 있다.

　　체험마케팅이 왜 이토록 효과가 좋은가에 대한 연구 결과로는
가망고객까지 구매 고객으로 전환시켰다는 점이다. 어떤 상품의
경우를 예를 들어보면 구매확신고객 30%, 가망고객 40%, 비구매
고객 30% 라고 가정할 때 실제로 가망고객에 있는 층은 실제 구
매로 이어지지는 않는 층이다. 하지만 체험마케팅은 이 가망 고객
중 절반 이상을 구매고객으로 전환시킨다는 개념이다.

체험마케팅을 통한 성공사례

-애플스토어는 방문고객이 스스로 애플제품을 체험해보고 즐길 수 있도록 매장을 구현해서 1평방피트당 매출액이 유명 유통점 베스트바이의 4.3배에 달하는 성과를 창출했다.

-'스메그'는 이탈리아의 고가 가전 브랜드로 서울 송파구에 쇼룸을 마련하여 제품을 체험할 수 있게 하였는데 월 평균 방문객 약 300명의 80%가 구매까지 이어졌다.

- 대형마트에서는 시식행사를 하는 날의 매출이 최대 5배까지 증가한다는 사실.

- 화장품의 경우 샘플증정 등의 체험마케팅을 해서 고객이 해당 제품을 직접 사용해보도록 하는데 샘플을 사용한 고객의 30% 정도가 실제 구매로까지 이어진다고 한다.

- 지역축제는 거의 체험마케팅 형식으로 운영이 되는데 직접 지역 토산물들을 먹어보고 구매하는 방식이다.

기존의 체험 마케팅 방식

종전의 체험마케팅은 주로 대기업의 신상품 출시 때 번화가에 팝업스토어 등을 사용하여 진행해왔고 많은 성과를 거두곤 했다. 하지만 중소기업의 경우 비용이나 인력이나 여러 가지로 자본이 부족하기 때문에 체험마케팅을 적극적으로 하는 사례는 드물다.

비즈니스 설명

체험마케팅을 온라인 방식과 오프라인 방식 2가지로 함께 했을 때 많은 시너지를 거둘 수 있다. 초기 저가화장품으로 돌풍을 일으켰던 미샤도 뷰티넷이라는 온라인샵의 회원 8만5천명이 돌풍의 주역이 되었다. 미샤의 이대 1호점을 오픈하자마자 뷰티넷 회원들이 오프라인으로 쏟아져 나와서 대박을 터트리는데 한 몫을 한 것이다.

메가스터디도 초창기 온라인회원을 오프라인 학원으로 보내고, 오프라인 마지막 강의는 메가스터디 온라인사이트에서 들어야 하는 식으로 온오프라인 병행이 엄청난 시너지를 발생시킨 것이다.

온라인과 오프라인을 병행하자니 머리가 아플 수도 있다. 하지만 이 사업은 온라인과 오프라인의 절묘한 시너지 창출이 중요한데 온라인은 온라인대로 체험마케팅, 무료샘플증정, 블로그체험단 등의 방법으로 최대한 많은 회원을 확보하여야 한다.

오프라인은 체험마케팅을 잘 진행할 수 있는 팝업스토어, 박람회, 매장을 찾아내고 관리 하여야 한다.

1. 온라인 운영

온라인은 블로그 체험단도 모집하고, 무료샘플을 받을 고객도 모집을 하고, 제품 리뷰도 올려놔서 홍보하고 댓글도 달고 하면서 최대한 많은 체험에 관심 있는 회원을 몰고 다녀야 한다. 그래야 신제품이 런칭 되었을 때 기존 회원들한테 대량으로 홍보를 할 수 있기 때문이다. 또 오프라인 팝업스토어나 박람회, 전시장, 매장으로 방문 유도를 할 수 있다.

2. 오프라인 운영

오프라인 체험스토어는 팝업스토어가 될 수 있고, 박람회의 부스를 마련할 수도 있고, 유동인구가 많은 곳에 체험스토어 전용 매장을 얻을 수도 있고 상황에 따라, 광고주의 종류에 따라 확대해 나가야 된다. 아직 진행해본 건 아니라서 어느 부분에서 대박이 나고, 어느 스토어는 손실이 나는지에 대한 경험치가 없기 때문에 해나가면서 노하우를 축적해나가는 수밖에 없다.

비즈니스 순서
비즈니스의 진행은 아래의 순서대로 해나가면 될 것이다.

1. 체험마케팅을 진행할 광고주 모집

체험마케팅의 대상은 주로 가전, 화장품, 교구 등등 사용해보기 전에는 어떤 건지 모르는 상품 위주가 될 것이다. 교구 같은 경우 어린이관련 박람회에 가면 교구 관련 부스가 있을 텐데 광고주로 끌어들일 수 있다. 전자제품도 신제품 위주로 컨텍하면 광고주는 찾을 수 있고, 화장품 회사도 마케팅용 무료샘플을 많이 만들어놓았을 테니 시작은 어렵지 않다.

광고주가 믿고 돈을 지불하기까지는 초기에 시간이 좀 걸리겠지만 일단 이 비즈니스가 굴러가기 시작하면 광고주모집에 대한 걱정은 거의 하지 않아도 될 것이다.

2. 매장의 선택

매장은 업종에 따라 팝업스토어로 할지 박람회 위주로 할지, 번화가에 매장을 얻어서 할지 정해야 할 것이다. 가전제품 같은 경우는 주부들이 많이 방문하는 대형 마트에 팝업스토어를 내서 해도 될 것 같고, 화장품 같은 경우는 번화가에서 무료샘플을 나눠주면서 체험마케팅을 벌여나가면 좋을 것이다. 이미 인터넷회원 확보가 어느 정도 되고 있다면 결국에 가서는 체험마케팅전문 정매장들을 늘려나가야 하는데 정매장들은 고정된 사람들이 오고 가는 곳은 안 되고 새로운 사람들이 계속 스치고 지나가는 장소라야 한다. 그래야 광고 효과를 극대화할 수 있다. 이런 고정된 매장에서 일주일 단위 또는 보름 단위로 런칭된 상품을 계속 바꿔가면서 체험마케팅을 벌여나가야 한다.

수익모델

1. 체험마케팅 운영수익

광고주로부터 기간 단위로 얼마씩 수수료를 받을 수 있다. 효과가 좋다면 고정으로 광고주가 생길 것이다.

2. 판매수익

체험마케팅을 하면서 현장에서 즉시 판매되는 상품들도 꽤 많을 것이다. 판매되는 상품에 대한 마진을 가져갈 수 있다.

3.무료샘플 제공 수익

고객들에게 무료샘플 제공 시 한명 당 몇 천 원씩 받을 수 있다. 온라인은 우편으로 보내줘도 되고 오프라인은 현장에서 주면 된다.

주로 브랜드 회사와 거래를 하게 될 텐데 각 회사마다 책정되어 있는 마케팅 예산이 있기 때문에 효과가 좋다면 더 많이 지속적으로 책정된 예산을 배정받을 수 있을 것이다.

옷을 무게 단위로 파는 의류판매업

옷들을 골라서 무게 단위로 구매할 수 있는 의류스토어

옷을 무게로 달아서 파는 비즈니스 방식은 이탈리아의 패션유통업체 릴라인터내셔널에서 오픈한 킬로파숑이라는 매장인데 세계 최초로 고안한 판매 방식이다.

2011년 3월에 오픈한 킬로파숑은 주로 재고로 쌓인 이월 제품을 판매했는데 월 평균 23억 원어치의 재고 의류를 판매했다.

방식은 고객이 옷들을 골라서 점원에게 주면 무게를 달아서 100g당 얼마 이런 형태로 판매를 한다. 물론 물건은 상품, 중품, 하품으로 나누어 무게에 따라 금액의 차이가 난다.

이런 방식을 한국의 롯데 백화점에서 시행한 적이 있는데 재고 티셔츠 50만장을 단 2주 만에 완판시켰던 것이다.

이 판매 방식은 음식으로 따지면 뷔페 방식과도 유사하다. 사람들은 이런 무한방식에 열광하는데 기존의 고정관념을 완전히 깼기 때문이다. 어떻게 보면 자기 능력껏 괜찮은 옷을 골라서 무게 단위로 구매를 하게 되면 득템을 하는 것이다. 역시 자본주의 방식은 어떻게든 성공하나보다.

이와 같은 판매 방식의 주된 상품은 이월상품이나 재고상품이어야 할 것이다. 신상품을 무게로 달아서 떨이로 팔진 않을 것이다. 예전에 유행했던 오렌지 팩토리와 같은 유통업체들이 재고상품들을 모아서 거의 80-90% 할인된 금액에 떨이로 판매하는 방식과도 유사해 보인다.

이런 판매 방식을 전문으로 하는 의류샵을 운영해도 좋을 것이고 매장에서 이벤트 성으로 진행해도 좋을 것이다. 옷을 무게로 판다는 자체가 이벤트 거리가 되기 때문에 홍보하기도 굉장히 좋을 것이다. 더군다나 품질이 좋은 옷을 무게로 판다면 이건 진짜 대박 사건이 터질 것이다. 아무튼 이런 판매 방식은 마케팅적인 측면에서 굉장한 호응을 얻을 수 있기 때문에 한번쯤 이벤트를 해볼 만하다.

방식은 여러 가지가 있을 것이다. 망한 의류업체의 옷을 헐값에 대량으로 가져와서 판매 하는 방식도 가능하다. 이탈리아에서 킬로파숑이 호황을 누렸던 시절이 언젠가 하면 이탈리아에서 몇 천개의 섬유업체들이 도산한 시절이었다. 그렇다보니 부도난 업체들의 품질 좋은 옷들이 시장에 대량으로 쏟아졌던 것이다. 알고 보면 품질이 떨어지는 옷들이 아니었던 것이다. 그러므로 고객들은 비록 kg 단위로 옷을 사지만 옷의 품질은 좋았기 때문에 큰 이슈화가 되었던 것이다.

싼 물건을 싸게 파는 건 사건이 아니지만 비싼 물건을 kg으로 달아서 파는 건 굉장한 뉴스거리이기 때문이다. 그래서 킬로파숑이라는 회사명을 우리도 알게 된 것이기도 한다.

이렇게 상품을 kg 단위로 파는 아이템은 불과 옷뿐만이 아닐 것이다. 생필품 중에 다른 분야도 얼마든지 적용이 가능하리라 본다.

읽고 싶은 책을 kg으로 팔수도 있고 아이디어를 내본다면 이것저것 떠오르는 것들이 많을 것이다.

원룸 임대 대행 플랫폼

운영 어려운 원룸 건물들을 하나의 플랫폼에 넣고 임대대행

원룸, 오피스텔 등의 신규 물량들이 해마다 엄청나게 쏟아지면서 공실률 또한 가파르게 상승하고 있다. 요즘 뉴스에 공실률이 늘어난다는 기사를 가끔 접하는데 현재 서울 강남의 일부 지역은 오피스텔의 20% 이상이 공실로 남아있다고 한다. 노량진 학원 등지도 지역에 따라 30% 대가 넘는 공실이 나와 있다. 또 지방 신도시 같은 경우 공실률이 더 심각한데 남악신도시의 경우 30-40% 이상의 공실률이 유지되고 있다.

그런데 필자가 아는 사람은 원룸 24개짜리 건물을 은행 대출을 최대한 끼고 싸게 인수해서 1개 정도를 제외하고는 다 임차를 맞추고 있다고 한다. 방법은 직방, 다방 등의 원룸전문 중계 앱을 활용해서 채운다는 것이다. 정 안 나가면 약간만 가격을 싸게 해서 내놓으면 완판이라는 것이다. 게다가 이런 앱을 활용하여 직거래를 하니 중계수수료도 안 나가서 100% 마진이라고 한다.

하지만 주변 원룸 건물주들은 이렇게 하지 않는다고 하는데 하기 힘든 이유가 건물주 정도가 되려면 나이가 50대 이상은 거의 넘기 때문에 이런 인터넷이나 앱 활용이 힘들다는 것이다. 주로 앱을 활용하는 나이 대가 20대~30대이고 건물주들의 나이 대는 40

대, 50대, 60대 이상이다 보니 많은 간극이 발생한다. 더구나 50대 이상이 되면 새로운 기기를 배운다는 게 벅찰 수 있기 때문에 알면서도 시행을 하지 못하는 경우가 많다.

그런데 원룸을 다 차지 않는 주된 이유가 있다. 지금 현재도 원룸, 오피스텔, 아파트 등의 분양 물량이 엄청나게 쏟아지고 있기 때문이다. 인구가 한정이 되어 더 이상 늘지 않고 있는 실정에 주거 물량은 과다하게 쏟아지고 있는 것이다. 공급이 수요를 초과하다보니 앞으로 이런 공실 현상은 더 격화될 수밖에 없다.

몇 십 년이 지나면 한국도 일본과 같이 아파트가 텅텅 비는 현상이 초래될 것은 당연할 것이다. 하지만 희망은 있다. 어차피 힘들어도 모두가 다 힘든 건 아니다. 공실을 못 채우는 건물주도 있겠지만 요령껏 공실 없이 운영하는 원룸건물도 많다. 얼마나 수완 있게 해 나가냐의 차이일 것이다.

본 비즈니스는 이와 같이 공실을 채우지 못하는 원룸건물을 대상으로 하는 비즈니스로 원룸 전체를 전대하여 공실과 상관없이 건물주에게는 매월 고정적으로 임대료를 지급하는 방식이다. 모든 임대에 관한 권한을 위임받아 임대는 내가 알아서 채워가는 형식이다. 물론 부동산 수수료 같은 것도 내가 다 부담한다. 원룸건물주는 그냥 건물 하자 보수 등만 맡아서 하고 임대에 관한 모든 것은 위임받아 처리하는 것이다.

아무래도 주 고객은 고령으로 원룸의 임대 관리를 하기 힘든 경우, 해외여행이 잦은 건물주, 병원에 장기 입원한 건물주, 원룸건물과 멀리 떨어져 사는 건물주, 임대가 잘 안 맞춰지는 건물주 등 많은 경우가 있을 것이다. 또 원룸 같은 경우는 들어오고 나가는 일이 잦아서 부동산 중계 수수료 또한 만만치 않다. 게다가 웬만한 원룸 건물은 항시 공실 몇 개 정도는 가지고 간다. 나가자마자 원룸이 바로 차지 않기 때문에 누군가 들어올 때까지는 비워두는 수밖에 없다. 물론 아주 싼 가격이면 바로 바로 나가긴 할 것이다.

비즈니스의 장점

이 비즈니스가 빛을 발하는 분야는 공실률이 20% 이상으로 많은 지역일 것이다. 그래야 능력발휘가 가능해보인다.

공실률이 10% 미만인 지역에서 공실을 채워봐야 이건 당연한 일이라고 생각할 것이다.

하지만 신도시로 개발되는 지역과 같이 공실률이 30-40%대가 넘는 지역은 제대로 능력발휘가 가능하고 이익도 많이 남을 것이다. 이런 곳은 건물주가 거의 자포자기 상태이기 때문에 한번 해볼 테면 해봐라 하는 심정으로 위탁을 맡길 것이다. 그러므로 마진도 많이 챙길 수 있다.

또 한 분야는 원룸을 제대로 관리할 수 없는 상태의 건물주일 것이다. 사유가 많겠지만 해외 장기체류, 원룸건물과 원거리, 관리할 수 없을 정도로 고령인 경우, 원룸 관리 자체가 하기 싫은 사람

등등 갖가지 사례가 우리의 고객이 될 것이다.

수익모델

원룸 위탁임대의 수익모델은 원룸을 다 채웠을 때의 임대료 총액과 원룸을 80% 정도만 채웠을 때의 임대료 총액과의 차액일 것이다. 이 지역의 통상적인 공실률이 20% 라고 하고 위탁을 받아서 채웠을 때의 공실률이 5% 라고 하면 차액인 15%를 마진으로 가져갈 수 있는 것이다. 예를 들어 만실일 때의 임대수수료 총액이 1천만 원이라고 하면 한달 마진은 150만 원이 되고 1년 마진은 1800만 원이 될 것이다.

이걸 한 군데만 위탁운영하면 이 마진은 작다고 할 수 있겠지만 이런 방식으로 100군데의 원룸을 위탁 운영한다면 연간 18억 원의 마진이 생긴다.

또 원룸을 아예 운영할 수 없는 경우의 건물주의 경우 만실인 경우의 85% 정도 수준의 수수료를 고정으로 임대는 알아서 채워가는 방식으로 하면 되는데 이 경우도 목표 공실률 5% 로 가져가면서 사업을 해나가면 될 것 같다. 만실인 경우 1천만 원의 총 임대료가 나오는 원룸건물이라면 건물주에게 매월 고정으로 850만 원을 주고 나머지 수익을 가져가는 방식으로 운영하면 될 것이다.

비즈니스의 진행

위탁받은 원룸은 직방이나 다방 같은 곳에 올려놓아 공실을 거의 100% 채워나가면 승산이 있다. 공실 채우는 업무만을 전문적으로 하다보면 노하우도 꽤 생겨서 거의 공실 없이 원룸운영이 가능하리라 본다.

또 이 사업은 부동산 중개업을 가지고 진행하는 것이 좋을 것이다. 하다보면 원룸 건물 매매도 중계해줄 수 있기 때문이다. 공실 없이 안정적으로 원룸이 운영되다 보면 원룸건물에 투자하는 사례도 늘어날 수 있기 때문이다.

또 원룸 운영이 힘들 것 같아 돈을 그냥 은행 정기예금에 넣어놓는 사람들도 원룸 사업에 끌어들일 수가 있을 것이다. 또 싸게 매물로 나온 원룸 건물을 직접 매입할 수도 있고, 소개해줄 수도 있다. 그렇게 되면 더 많은 건물주가 나의 고객이 되어줄 것이다.

이렇게 사업을 확장하여 1차 목표를 원룸 100개의 위탁운영으로 잡고, 소문이 퍼져서 2백 개, 3백 개 나중에는 1천개도 운영이 가능하리라 본다. 그 정도 되면 코스닥에 상장도 해야 할 것이다.

유튜버 광고주 연결 플랫폼

유튜버와 광고주를 실시간으로 연결해주는 광고 플랫폼

유튜브를 통한 1인 크리에이터로 창업하는 창업자들이 늘고 있다. 하지만 단순 조회 수를 통한 수익만으로는 유지하기가 턱없이 부족하다. 실제 유명 유튜버들의 수익의 가장 많은 부분을 차지하는 것은 조회 수를 통한 수익이 아니라 광고 수익이라고 할 수 있겠다. 단순 조회 수를 통한 수익은 100만 명이 조회를 한다 해도 받을 수 있는 수익은 100만 원에 불과하다.

100만 조회가 된다는 것도 어려울뿐더러 100만 조회를 달성한다고 하더라도 한 달 100만 원을 가지고는 살아갈 수 없다.
결국 제대로 된 스폰서를 만나 광고를 통한 수익을 창출하지 않는 이상 유튜버로 성공하기는 힘든 실정이다. 반면 광고주 입장에서도 광고 진행을 할 유튜버를 찾기가 힘들다. 유명 유튜버들은 광고가 밀려있는 경우가 많고 광고 단가도 맞지 않아서 광고 진행하기가 힘든 경우가 많다. 지금까지 유튜버들에게 접촉하는 방식은 일일이 수작업으로 연락을 하고 광고 단가를 맞추고 하는데 너무 비효율적으로 진행이 되고 있다.

본 플랫폼은 여기서 착안한 것으로 광고 수익을 얻기 원하는 유튜버와 광고를 할 광고주를 서로 연결해주는 플랫폼이다. 광고주 입장에서는 자신의 회사를 소개하고 광고단가는 얼마인지와 광고형태는 어떤 방식을 원하는지를 정해서 올려놓는다. 광고 유튜버들은 리스트에 올라와 있는 광고회사를 열람하고 조건이 맞는 광고회사에 연락을 해서 광고를 진행할 수 있는 방식이다.

이렇게 등록된 광고주들은 아래와 같이 광고주 리스트에 올라오는데 유튜버들이 자유롭게 열람하고 광고를 원하면 광고주에게 의사 전달이 실시간으로 되는 방식이다.

광고주 입장에서도 바로바로 들어오는 유튜버들의 광고의사를 확인할 수 있고 즉시 광고체결을 할 수 있는 방식이다.

광고를 원하는 유튜버들도 등록이 가능하며, 원하는 분야, 구독자수, 월간 조회 수,가능한 광고형태 등을 올려놓을 수가 있다.

광고주는 광고를 원하는 유튜버들의 계정을 보고 광고를 할지 여부를 판단할 수 있고, 진행의사가 있다면 해당 유튜버에게 연락을 하여 광고 진행을 할 수 있다.

광고주는 아래와 같이 등록된 유튜버들의 내용을 확인할 수 있으며 원하는 분야와 광고 단가들을 타진 후 광고를 진행할 수 있다.

아직까지는 광고주들이 유튜버에게 광고비를 주고 촬영을 맡기고, 광고비를 지불하는 형태가 활성화 되어있지는 않다. 하지만 이 시장은 지금 어마어마하게 커지고 있다. 자연스럽게 자사의 상품을 가지고 생활 밀착형으로 광고가 진행 되므로 거부감도 없고 광고 효과도 뛰어나기 때문이다.

광고주 리스트

번호	광고회사	광고상품	단가	조건
20	토이저러스	마블인형	조회당 10~30원	구독자 5만 이상
19	코카콜라	코카콜라	조회당 100~130원	구독자 15만 이상
18	LG전자	청소기	조회당 10~30원	구독자 100만 이상
17	테슬라	MODEL S	조회당 1~3원	구독자 1만 이상
16	농심	백산수	조회당 50~150원	구독자 20만 이상
15	팸퍼스	프리미엄 크루저	조회당 40~100원	구독자 15만 이상
14	다이슨	헤어드라이어	조회당 1~3원	구독자 50만 이상
13	디오가닉	보솜이	조회당 50~150원	구독자 2만 이상
12	키친아트	전기포트	조회당 40~100원	구독자 15만 이상

수익모델

수익모델은 여러 가지 방식이 있다.

유튜버들에게 등록비를 받는 방식이 있고, 등록은 무료로 하되 잡코리아와 같이 좋은 자리에 상위 등록하는 비용을 받는 방식이 있다.

아무래도 서비스를 활성화 하려면 서비스는 무료로 운영하되 상위노출 되는 부분에서 수익을 창출하는 것이 좋을 것 같다.

광고가능한 유튜버 리스트

번호	유튜버	분야	구독자수	광고형태
20	채광장민	화장품	52만	풀광고
19	뿌뿌	뷰티	150만	PPL
18	강물처럼	옷	5만	풀광고
17	뉴키즈	장난감	15만	PPL
16	가몬	생활용품	52만	풀광고
15	홀리데이	책	150만	PPL
14	강남미인	신발	5만	풀광고
13	그놈목소리	재테크	15만	PPL
12	나트샤	뷰티	44만	PPL

음식점 무료컨설팅사업

장사가 안 되는 음식점을 무료로 컨설팅해서 매출을 2배로 키워 주는 사업

음식점이 장사가 안 되는 이유는 맛과 인테리어가 대부분을 차지할 것이다. 위치가 안 좋다든지 홍보가 안 되서 그렇다든지 하는 건 핑계에 불과할 수 있다.

어떤 음식점은 그냥 딱 봐도 무엇 때문에 장사가 안 될지가 보인다. 모든 사람이 알고 있는데도 주인만 모르는 경우가 많다. 이렇듯이 제 3자의 관점에서 단 한 시간만 봐도 이유를 알 수 있을 것이다. 더군다나 전문가가 본다면 더 확실히 구체적인 것까지 알려 줄 수 있을 것이다.

음식점 무료 컨설턴트는 이와 같이 잘 안 되는 음식점들의 문제점을 콕 집어서 알려주는 사업이다. 거의 대부분의 음식점은 매출이 분명 오를 것이다. 매출이 올랐다면 그 데이터는 매우 중요한 데이터이고 결과물일 것이다. 이런 데이터는 다음 음식점을 컨설팅할 때 이렇게 개선했더니 이만큼 매출이 올랐다고 결과물로 보여줄 수 있다.

수익모델

수익모델은 인테리어와 레시피 판매에서 수익을 낼 수 있다.

분명 장사 안 되는 음식점은 시설이 낡았다든지 음식 맛이 형편없다든지 할 것이다.

시설이 낙후된 곳은 인테리어를 권유해서 수익을 남기고, 음식 맛이 형편없는 곳은 레시피를 팔아서 수익을 남기면 된다. 물론 둘다 거부하는 곳은 할 수 없이 패스하는 수밖에 없다. 레시피를 누가 사냐고 반문할 수도 있겠지만 잘나가는 족발 집은 레시피를 2천만 원 받고 파는 걸 봤다. 물론 원조만큼의 맛은 안 나지만 레시피를 구매한 곳도 지금까지 영업을 잘하는 걸 보면 그만큼의 가치가 있어 보인다.

영업방법

일단 무료로 컨설팅 받을 업체를 모집할 영업파트가 중요할 것이다.

영업파트에서는 인터넷사이트로 모집을 한다든지 오프라인으로 발품을 팔아서 상가마다 돌아다니며 의사를 물어볼 수 있다. 이건 캠페인 형태로 하면 잘 먹힐 것이다.

예를 들어 '음식점 매출 2배 만들기 캠페인'으로 100개 음식점에 한해 선착순으로 무료 컨설팅을 진행해주는 콘셉트로 한다면 먹힐 것이다.

이렇게 모객을 한 후 전문 컨설턴트가 방문을 하여 몇 시간 동안 음식점 파악을 한다. 주변상권부터 시설, 좌석배치, 메뉴구성, 가격대, 음식 맛 등 필요한 사항들을 점검한다. 그 다음날에 분석한 자료를 가지고 업체 방문을 하여 개선 사항들을 브리핑한다.

기존의 성공한 사례의 데이터가 중요한데 이건 이렇게 바꿨더니 매출의 상승이 이 정도 있었다. 메뉴 구성을 이렇게 했더니 객단가가 상승했고, 전체 매출은 어떻게 변화되었다.

이런 구체적인 빅데이터를 가지고 보다 전문가답게 결과에 대한 브리핑을 해준다면 결과를 따를 것이다. 물론 다 필요없다고 하는 고객들도 있다는 걸 각오하여야 한다.

이 사업은 컨설턴트의 역할이 매우 중요하며 기존 성공사례의 빅데이터를 가지고 객관적으로 접근하여 납득하도록 하는 것이 중요할 것이다. 사람들은 누구나 자신이 잘못되었다고 생각지 않고, 잘못을 지적 받으면 기분 나빠 하기 때문이다.

이렇게 하여 매출은 거의 90% 이상 상승할 것이다.

컨설팅 받았더니 대박 났다는 소문이 퍼지기 시작하면 이 사업은 순식간에 이슈화가 될 것이며 한 번 컨설팅 받으려면 몇 달씩 기다려야 할 수도 있다.

수익모델 또한 괜찮아서 음식점 한군데서 인테리어 마진을 500만 원만 남긴다 해도 한 달 10건을 하게 되면 5천만 원의 매출이 발생하는 것이다.

컨설턴트를 10명을 고용한다면 한 달 5억 원의 매출이 발생할 것이다. 이중 컨설턴트에게 20%를 주고, 영업파트에 30%를 준다고 해도 절반 정도의 이익을 가져갈 수 있으므로 꽤 괜찮은 사업이다. 물론 좋은 소리도 들을 수 있어서 사업할 맛도 날 것이다.

음식점 무인결제시스템

음식점 앞 터치스크린에서 음식을 선택하고 결제하는 시스템

　　무인 결제시스템을 키오스크라고도 하는데 이런 시스템은 한국 상점들에서는 아직 많이 보지 못하겠지만 일본에서는 많은 곳이 터치스크린 방식의 음식 주문 및 결제를 무인 시스템으로 하고 있다. 한국에서도 최저임금도 오르고 해서 이와 같은 키오스크 방식의 무인시스템이 조만간 정착하리라 본다.

일본 음식점의 주문 및 결제의 무인 시스템

2019년부터 한국도 최저임금이 기존 시급 7,530원에서 시급 8,350원으로 인상된다. 2017년도 시급 6,470원에서 2년 만에 30% 가량 임금이 인상한 것이다. 게다가 몇 개 나라에서만 운영되는 주휴수당이라는 것이 있는데 이것까지 합치면 시급 10,790원이 된다.

이런 현상은 오히려 시스템의 무인화를 가속시킬 수 있다. 현재 맥도날드와 같이 패스트푸드점에서 운용하고 있는데 무인 결제시스템이 2019년도에는 굉장히 많은 분야에 보급될 수 있다. 사실 사람이 할 일을 기계가 하고 기계가 번 돈을 사람이 갖는 게 맞긴 하다.

불과 몇 십 년 전만 해도 30명이 철거할 건물을 1명의 포클레인 기사가 처리하고 있지 않은가. 이런 흐름으로 봤을 때 키오스크 관련된 사업은 갈수록 호황일 것이다.

특히 당장 2019년에 최저시급이 8,350원으로 인상되면 이런 키오스크는 급속하게 보급될 전망이다. 현재 대당 300만 원대를 하고 있는데 대량 생산에 들어가면 단가는 더 낮아질 수 있기 때문에 내년부터가 키오스크 사업이 호황이 시작된다고 봐야 한다. 이런 키오스크는 보기에는 대단한 기술력이 들어갈 것으로 보이지만 실제로는 그다지 어려운 기술로 제조되는 것은 아니다. 신용카드결제, 현금결제 이런 모듈은 이미 개발된 것을 사다가 붙이는 것이기 때문에 너무 복잡하게 생각할 것은 없다.

스타트업을 준비하고 있다면 이런 키오스크를 저렴한 가격에 대량 생산하는 회사를 창업한다면 지금이 딱 적기일 것 같다. 또 수출도 가능한데 한국을 따라오는 개발도상국들도 최저임금이 오르고 있어서 이런 시스템을 공급하기가 용이할 것으로 보인다. 아래는 세계 키오스크 시장의 전망을 내놓은 것인데 연평균 10% 에 가까운 성장을 예측하고 있다. 아직은 블루오션 형태의 시장일 테니 시장이 레드오션으로 경쟁이 치열해지기 전에 진입한다면 중견기업으로까지 성장하리라 본다.

세계 대화형 키오스크 시장전망
연평균 성장률은 평균 9% 대를 예상함
-마켓앤드마켓: 2015년 473억 달러 => 2020년 734억 달러
-BBC리서치: 2015년 492억 달러 => 2020년 835억 달러

아래는 2017년 기준으로 키오스크가 보급된 산업군 별로 현황을 분석한 자료이다.
시중에 많이 보급이 되어있다고는 하지만 일본에 보급된 것에 비하면 아직 시작도 안했다고 봐야한다. 음식점이 주류를 이룰 텐데 한국은 아직 버거킹이나 롯데리아, 맥도날드와 같이 일부 대형 프랜차이즈를 제외하고는 전무한 상태이다.
그 이유는 아무래도 2017년까지만 해도 최저 시급이 6,470원이어

서 아직까지 급여로 인한 지출에 대한 부담이 없기 때문일 것이다. 하지만 내년 최저시급이 8,350원으로 2년 만에 거의 30% 가까이가 오른다면 상황은 달라진다.

분명 손익을 따질 테고, 키오스크를 도입하면 1년이면 알바비를 뽑는다는 결론에 도달하게 되면 대부분의 상점들이 도입하려고 할 것이다.

산업별 키오스크 도입 현황

시중은행	신한은행, 우리은행 (국민은행, 하나은행 도입예정)
지방은행	BNK부산은행, DGB대구은행, BNK경남은행
편의점	위드미, 세븐일레븐 (GS25, 미니스톱 도입예정)
패스트푸드점	버거킹, 롯데리아, 맥도날드
호텔	롯데호텔, 신라호텔, 하얏트호텔
영화관	CGV, 메가박스, 프리머스, 롯데시네마
백화점	롯데백화점, 현대백화점, 신세계백화점
주유소	SK에너지, GS칼텍스, 에쓰오일, 현대오일뱅크
병원	서울아산병원, 분당서울대병원, 신촌세브란스병원

* 2017년 기준 산업별 키오스크 도입현황 (시장경제신문자료)

내년부터 몇 년 간은 수요보다 공급이 못 따라갈 정도로 공급 부족현상이 생길 텐데, 전국에 음식점만 66만개인데 이중 10% 만 우선 도입을 한다고 해도 6만6천개의 키오스크를 제작해야 하는데 그 규모는 엄청나서 제조가 따라 가기가 벅찰 정도일 것이다.

의료기기 렌탈 서비스

고가의 가정용 의료기기를 렌탈해주는 비즈니스 플랫폼

예전에는 병원에서만 사용이 가능했던 의료기기들이 간소화 되면서 일반 가정에서도 구매해 사용하는 경우가 늘고 있다. 예를 들어 안구건조증 치료기, 부항기, 전기자극기, 비염치료기 등 안과, 이비인후과에서 취급하는 장비들이 소형화되고 가격대도 내려가면서 가정에 상시 비치하면서 사용하는 사례가 늘고 있다.

가정용 의료기기의 사용 실태를 보면 아래와 같은데 이런 항목들은 갈수록 늘고 있다.
또한 구매가 아닌 렌탈 방식이라면 사용자는 지금보다 훨씬 많아질 것이다.

또 갈수록 사회가 고령화되면서 치료를 요하는 증세들이 늘어 의료비용은 매년 가파르게 상승하고 있다. 이런 사회적 추세로 봤을 때 가정용 의료기기 시장은 갈수록 시장 규모가 커지고 있는 실정이다.
또 가정용 의료기기 중, 고가인 것들이 많아 구매가 망설여지는 경우도 많은데 이런 시장을 겨냥한 것이 가정용 의료기기 전문 렌탈 사업이다.

　비즈니스 방식은 정수기나 공기 청정기를 렌탈하듯이 이런 고
가의 의료장비들을 렌탈하는 방식이다. 예를 들어 100만 원짜리
비염 치료기를 월 2만 원에 렌탈을 할 수 있게 함으로써 잠재고객
의 구매를 이끌어내는 방식으로 운영하면 된다.

현재 일부 가정용 의료기기의 렌탈 사례를 보면 아래와 같다.

가정용 의료기기 품목별 소비자 사용 현황

(단위:가구)

품목	가구
체온계	455
혈압계	303
개인용 혈당측정기	254
부항기	231
개인용 전기자극기	226
콘텍트렌즈	226
피임기구	162
의료용진동기	159
온구기	117
침	88
모유착유기	61
의료용 욕조	58
보청기	45
휠체어	44
의료용물질생성기	26
의료용 스쿠터	16
미사용	244

* 조사시점(2015년8월)기준사용현황 / 각 품목별 전체 1,000가구

한국보건산업진흥원

-요실금 예방과 치료를 돕는 요실금 치료 의료기기 '이지케이'
홈쇼핑에서 렌탈 방식을 도입해 월 26900원을 내면 되고 약정기
간은 39개월이다.

- 안구건조증 치료기기 '누리아이'
구매가는 70만 원대이지만 제휴카드 할인을 받게 되면 월 렌탈방
식으로 1만 원 이내에 가능하다.

-'노스웰 비염치료기'
구매 가는 88만 원이지만 각종 제휴카드 할인 렌탈 시 1만 원 이내
로 가능하다.

고객이 렌탈 시 또 하나의 장점은 제휴카드 할인이 가능하다
는 것이다. 제휴되어있는 제휴카드를 발급 시 렌탈료는 거의 절반
가격으로 떨어진다. 대신 제휴신용카드를 한 달 얼마 이상 소비해
주는 조건이 따라붙기는 한다.

수익모델
렌탈업은 마진이 많은 사업이다.
위의 사례에서 볼 수 있듯이 렌탈용 의료기기의 도매가는 생각보
다 저렴하다.
예를 들어 100만 원짜리 소비지가로 보면 실제 도매가는 절반 정

도의 가격이 대부분이다.

그러므로 100만 원짜리 제품을 렌탈해준다고 가정하면 최초 등록비 10만 원 정도를 받고 13개월 정도의 렌탈료를 받게 되면 원가가 빠지는 것이다. 나머지 개월 수의 렌탈료는 100% 마진인 것이다. 그래서 자본금만 있으면 렌탈 사업이 해볼만 한 사업인 것이다.

또 렌탈 사업의 경우 은행에서 대출도 가능하다. 100만 원짜리 상품이 렌탈로 나갔을 경우 은행에서 30만 원 정도는 바로 대출이 가능하다. 그러므로 모든 자본이 100% 없어도 렌탈 사업이 가능하다. 물론 처음부터 은행에서 대출을 해주는 건 아니라서 어느 정도 렌탈 상품이 회전이 되고 나서 은행 대출을 신청하면 되겠다.

비즈니스 운영

이런 렌탈 사업은 하부 판매 대리점들을 많이 두는 게 유리하다. 하부 판매 대리점들은 판매만 전문으로 하는 대리점으로 배송과 렌탈에 대한 업무 처리는 본사에서 다 해야 한다. 대신 판매 대리점에게는 판매에 대한 수수료만 주면 된다.

어떻게 보면 여행사의 홀세일 방식과 동일하다. 모든 업무처리는 본사에서 해주고 판매 대리점에서는 판매 이외의 것들은 신경 쓰지 않고 판매에만 집중할 수 있기 때문에 업무효율도 좋다.

판매 대리점에 판매 수수료는 보통 5개월 치 렌탈료 정도를 주면 된다. 정수기 렌탈과 같이 경쟁이 격화되면 7개월 치 이상의 렌탈

료를 줘야 할 것이다. 또 마진율이 좋은 렌탈 상품은 그 이상의 렌탈 수수료를 줘도 상관없다

초창기 때 정수기 렌탈 같은 경우는 3개월 만에 정수기 원가를 뽑았다. 정수기 원가가 15만 원이라고 치면 최초 등록비 7만 원에 월 렌탈료 3만 원씩 해서 렌탈로 나간 지 몇 개월 만에 원가를 회수한 것이다. 하지만 요즘은 경쟁이 격화돼서 보통 판매 수수료로 7개월 치 이상은 줘야 판매 대리점들이 움직인다.

이와 같이 가정용 의료기기 렌탈 전문 플랫폼을 구축하여 각종 의료기기를 플랫폼 안에 넣어놓고 고객들에게 인터넷이나 앱을 이용해 보여주면서 렌탈을 해나가면 된다.

하부 판매 대리점들도 많이 모집해서 추가적인 수익도 발생시킬 수 있다. 하부 판매 대리점들을 많이 두려면 아무래도 자본이 더 들어갈 것이다. 그러므로 원활한 자금융통을 위해 관련 금융업계 사람을 영입하기도 해야 한다.

의약품 도소매 사업으로 병원, 약국에 납품하는 B2B 사업

31조원 규모의 B2B 의약품 유통사업

우리나라의 의약품 시장규모는 31조원을 넘어서고 있는데 의약품 유통업체 중에 대기업 수준으로 성장한 곳도 몇 군데가 있을 정도로 이 시장은 크다고 할 수 있겠다.

의약품 유통업체 중 지오영이 년 3조원 매출, 백제약품, 동원약품이 1조원 이상의 매출을 기록하고 있으며 국내 10개 업체가 10조원의 매출을 기록하고 있다. 마진율 또한 15% 대를 넘어서 그야말로 굉장한 시장이 아닐 수 없겠다.

국내 1위 업체는 지오영으로 조선혜 회장이 대표로 있다. 그런데 여기는 재벌2세가 아니라 1991년 의약품 도매 스타트업으로 시작한 회사이다. 후발 주자로 시작했지만 국내 모든 종류의 의약품을 구비하여 하루 몇 번이라도 배송을 했고, 여러 번의 인수합병을 통하여 오늘날의 지오영을 만든 것이다. 현재 거래하는 병원, 약국만 1만 군데가 넘을 정도로 성장하였다.

2018년 금융감독원에 감사보고서에 따르면 2017년 의약품 유통업계는 시장 매출 18조9617억 원으로 전년 대비 7.35% 성장했고, 영업이익은 4027억 원을 기록했다. 업체별 매출 실적은 지오영, 백제약품, 쥴릭파마, 지오영네트웍스, 온라인 팜이 상위권을 유지했다. 영업이익 100억 원 이상의 실적을 거둔 곳은 비아다빈치, 지오영, 안연케어, 대전유니온약품(구 아산유니온약품) 등이다.

회사	매출			영업이익			순이익		
	2017	2016	증가율	2017	2016	증가율	2017	2016	증가율
지오영	1,408,261	1,207,591	16.62	31,861	21,788	46.23	23,090	14,449	59.80
벡제약품	1,150,593	1,024,911	12.26	2,067	5,629	-63.28	6,941	4,379	58.51
쥴릭파마코리아	970,998	889,412	9.17	-2,669	434	적자전환	-1,823	3,104	적자전환
지오영네트웍스	729,964	705,434	3.48	2,650	3,327	-20.35	2,853	3,748	-23.88
온라인팜	620,659	635,776	-2.38	5,668	8,841	-35.89	2,990	-0.1	흑자전환
복산나이스	589,929	448,998	31.39	5,388	2,533	112.71	3,594	6,232	-42.33
비아다빈치	517,593	475,219	8.92	85,400	78,475	8.82	45,947	32,163	42.86
엠제이팜	456,092	396,065	15.16	5,213	3,539	47.30	3,061	2,162	41.58
인천약품	447,780	411,397	8.84	4,272	2,144	99.25	2,427	3,695	-34.32
티제이팜	440,581	404,481	8.93	3,930	3,153	24.64	2,718	2,181	24.62
경동사	418,849	361,089	16.00	1,401	1,829	-23.40	114	6	1,800.00
신성약품	374,827	377,376	-0.68	8,624	9,130	-5.54	5,526	3,653	51.27
안연케어	342,564	315,147	8.70	28,949	30,694	-5.69	22,640	23,991	-5.63
남양약품	312,386	304,738	2.51	8,780	9,487	-7.45	4,068	6,499	-37.41
청십자약품	304,926	274,303	11.16	1,999	2,416	-17.26	607	1,708	-64.46
부림약품(대구)	266,923	190,510	40.11	1,995	1,346	48.22	1,809	1,583	14.28
동원아이팜	234,273	209,495	11.83	4,666	3,106	50.23	2,715	2,081	30.47
삼원약품	226,861	240,753	-5.77	3,835	3,949	-2.89	1,320	1,199	10.09
세화약품	222,211	230,170	-3.46	2,174	2,156	0.83	1,185	1,399	-15.30
우정약품	216,078	216,907	-0.38	3,078	2,719	13.20	786	821	-4.26
동원약품	210,733	219,153	-3.84	2,989	5,292	-43.52	2,611	4,278	-38.97

◇2017년 의약품유통업체 영업실적 현황 (단위:백만원,%)

위의 통계와 같이 의약품 유통업 시장은 국내 31조원 정도로 파악되며 연매출 1천억 원이 넘는 곳이 60개 회사에 이른다. 물론 의약품 유통 분야는 관련 업종 종사자가 아니고는 시작이 힘들겠지만 매출액 자체가 크므로 창업을 계획하고 있다면 도전해볼 만하겠다.

반면 이런 메이저 유통업체들은 제약만으로는 한계를 느껴 기능성 화장품 시장도 속속 진출 하고 있는데 최근 추세가 제약회사에서 화장품 등을 개발해서 성공하고 있기 때문이다. 제약회사에서 개발에 성공하여 출시하는 화장품들이 고객의 반응이 좋아지면서 자연스럽게 화장품 유통으로 매출 다각화를 시키고 있는 추세이다.

이삿짐 가격비교 O2O

저렴한 이삿짐센터를 연결해주는 이사 O2O 서비스

통계청에 따르면 대한민국의 1년 이사 건수는 476만 건에 이르고 2018년 포장이사 규모만 2조 7천억 원대로 전망하고 있다. 이사는 O2O 서비스를 하기 좋은 아이템으로 여러 업체의 이사 견적을 동시에 받아볼 수 있어서 좋다.

2014년 오픈한 이사모아라는 이사O2O 서비스 회사는 준비기간 1년 동안 600개의 이삿짐센터와 연계작업을 거쳐 오픈 5개월 만에 누적 거래액 100억 원을 넘어섰고, 2017년에는 전국 이사업체 1000개를 가입시킨데 이어 모바일 이사어플 최초 누적 10만 다운로드 및 월 거래액 20억을 돌파했다. 또 벤처회사 등으로부터 10억 원의 투자금을 유치하기도 했다.

또 원룸 전문이사 O2O 서비스를 하는 짐카의 경우 오픈한지 1년 만인 2016년에는 하루 주문건수 100건 가까이를 소화하고 있다. 국내 이사건수도 인구에 비해 상당히 많은데 비해 이사 비교견적 서비스가 시장 규모에 비해서는 많이 활성화되진 못하고 있는데 그만큼 성장 가능성은 무한하다고 할 수 있겠다.

비즈니스 진행

1. 이삿짐센터들의 연계

O2O 서비스인 만큼 초기 이삿짐센터들과 연계가 중요하겠다. 많이 계약 맺은 업체는 1000개가 넘지만 아무래도 초기에 전국 500개 정도의 이삿짐센터는 계약이 되어있어야 초기 서비스를 할 수 있을 것이다.

2. 견적신청

앱과 사이트로부터 고객의 견적을 받아야 하는데 고객은 이사날짜, 이사위치, 거리, 짐의 규모 등을 산정하여 자동으로 견적금액을 받을 수 있다. 예전에는 견적을 거의 수작업으로 진행을 했으나 요새는 해당 조건별로 빅데이터화 시켜놓아서 바로 산출이 되는 경우도 많다. 고객은 검색 후 2-3군데의 조건이 괜찮은 곳과 상담을 나눈 후 계약을 하게 된다.

수익모델

수익모델은 이삿짐센터로부터 5~10% 정도의 수수료를 받을 수 있다.

부가적인 수입으로는 입주청소, 도배, 새집증후군 공사 등의 별도 수익을 노려볼만하다.

인력파견, 채용대행업

대기업의 정규직 고용 부담으로 수요가 많아진 파견대행업

인력파견대행업은 예전에는 열악한 근무환경과 고용 불안정 등으로 노동단체들의 거부 운동이 심했으나 정부에서 파견근로자보호법 제정으로 법제화하여서 수요는 갈수록 많이 늘어나는 추세이다. 특히 대기업의 계약직을 정규직으로 전환하는 문제로 노동조합과 갈등이 많아짐에 따라 계약직 근로자를 줄이는 대신 파견직근로자를 고용하는 사례가 늘고 있는 상황이다.

또 기업체들에서는 일시적인 필요한 인력고용은 유연한 인력구조와 인건비절감을 위해 파견근로자를 많이 쓰고 있어서 이것을 대행해주는 사업이 성장하고 있다.

인력파견업이란 파견사업자가 근로자를 고용하여 이를 필요로 하는 기업체와 계약을 맺고 일정기간 동안 필요로 하는 분야의 인력을 파견해주는 방식이다. 인력파견업체는 인력을 파견해주는 대가로 기업체로부터 약 10%의 수수료를 지급받는다.

한국도 잡코리아나 사람인 등 인력을 직접 뽑는 비즈니스가 정착하기 전까지는 이렇게 인력파견이나 채용대행, 헤드헌팅이 활성화되어 운영되었다. 그러고 보면 이런 잡 사이트들의 전신은 채용대행업, 인력파견업이라고 보면 되겠다. 하지만 인터넷이 활성화

되고 인크루트에서 최초로 시도한 인터넷 구인구직이 성공하면서 한국의 구인구직 사장은 인터넷 잡 사이트 형태로 발전하게 된 것이다.

사실 인력파견업은 한국보다 산업이 선진화 되어있는 유럽에서 호황을 누리는데 스위스의 아데코 같은 경우 인력파견업만으로 세계 500대 기업 안에 들 정도로 성업하고 있다.

이런 추세는 기업들의 정규직채용에 부담을 느끼기 때문에 파견근로자를 쓰게 되는데 수요는 갈수록 늘고 있다. 그만큼 기업체에서는 계약직을 고용하여 고용지표가 안 좋아지는 것보다는 파견근로자를 쓰는 것이 정부의 압박을 벗어날 수도 있는 효과도 있다.

대표적인 성공 사례로 아데코 그룹을 들 수 있는데 아데코 그룹은 전 세계 60개국에 5,100개 지사 31,000명 이상의 내부직원 네트워크를 보유하고 있으며. 매일 100,000개 이상의 고객사와 약 650,000명의 직원들을 연결하고 있다. 아데코 그룹은 스위스에 본사를 둔, Forture지 선정 로벌 500대 기업으로 파견, 아웃소싱, 헤드헌팅, 컨설팅 등을 제공하는 Total HR solutions Provider이다.

수익모델

-인력파견업의 경우

파견근로자 임금의 10%에 해당하는 금액을 기업체로부터 별도로 수령한다. 예를 들어 급여 300만 원 하는 근로자를 1개월간 파견할 경우 30만 원을 별도 수수료로 받는 것이다.

총 파견근로자가 1000명이라고 하면 한달 3억 원을 수수료로 수령할 수 있는 것이다. 또 수수료를 떼는 방식은 급여의 10%에 해당하는 금액을 근로자의 임금에서 떼는 방식이 아니라 기업체에게 별도로 받는다. 그러므로 파견직근로자는 손해 볼 것이 없다.

-채용대행업의 경우

경력자인 경우는 급여의 20%에 해당하는 금액을 3개월간 받고 신입사원인 경우 학사 출신은 연봉의 5%, 석사 7%, 박사 20%에 해당하는 금액을 별도 수수료로 받는다.

비즈니스 진행

-인력파견회사 설립

자본금 1억 원 이상이어야 하고 종목은 인력공급업으로 등록하면 된다. 법인등기 후 노동청에 허가요건을 충족 후 근로자 파견업의 허가증을 받고 사업자 등록증을 세무서에서 발급 받으면 되겠다.

*허가기준은 4대보험이 적용되는 상시근로자 5인 이상이고, 20평 이상 사무실에 자본금 1억 이상이면 되겠다.

*제한업종은 파견금지

근로자파견법상 제한업종인 건설공사현장, 선원, 제조업의 직접 생산공정 업무, 항만의 하역업무, 산업안전상 유해한 업무, 분진 작업, 간호조무사, 의료기사, 기타 등등은 파견하면 안 된다.

인테리어 판매스토어

물건을 구매하듯 인테리어를 구매하는 쇼핑몰로, 기존의 반값에 가능하다.

인테리어 단가를 획기적으로 낮출 수 있는 방법이 있다. 또한 인테리어 기간도 반으로 줄일 수 있다. 방법은 공장에서 찍어내듯 똑같은 인테리어를 대량으로 찍어내면 된다. 본 스토어는 이런 방식으로 인테리어를 판매하는 방식으로 운영된다.

먼저 인테리어를 구성하는 비용을 알아야 하는데 인테리어 비는 재료비+시공비, 시간으로 책정이 된다. 인테리어 기사의 하루 일당이 20만 원이라고 치고 2일 걸릴 인테리어를 하루 만에 끝낸다면 인테리어 비를 반으로 줄일 수 있다. 그러므로 재료비뿐만 아니라 시공기간도 따져야 하는 것이다.

이 아이템은 기존 인테리어의 거품의 요소들을 제거해나감으로써 단가 및 기간을 획기적으로 줄이는 사업이다.

방식은 다음과 같다. A 인테리어 업자는 스토어에 자신의 인테리어를 올려놓는다. A 인테리어 업자는 고객의 주문이 들어오면 이것과 똑같은 인테리어를 시공한다. 물론 몇 가지의 디자인을 올려놓을 수 있다. A인테리어 업자는 자신이 구사하는 몇 가지 스타일의 인테리어만 시공하므로 자재 등을 대량으로 구비해놓고 있고, 똑같은 방식으로 시공하므로 시공 시간 또한 반 이하로 줄일 수 있다.

기존 방식의 인테리어가 오래 걸리고 단가가 높은 이유

-인테리어 비용 견적

인터넷에 익숙한 고객이라면 보통 2-3군데는 인테리어 견적을 받아보고 그중 괜찮은 곳으로 선택하고 인테리어를 진행한다. 또 정부기관이라면 필수적으로 2군데 이상의 견적을 받아서 공사를 진행해야 하는데 비리 등을 방지하기 위한 정부의 발주 시스템 때문이다.

-디자인 구성에 대한 조율 및 설계 시간의 낭비

고객이 상상한 방식의 인테리어를 해야 하므로 수많은 시행착오를 거칠 수밖에 없다. 고객이 전문가가 아니므로 디자인을 이렇게 바꿨다가 저렇게 바꿨다 하기 일쑤다. 이런 조율의 시간이 상당히 걸린다.

-자재의 수급

새로운 디자인에 맞는 자재를 수급해야 하는데 보통 자재상가나 조명상가를 들러서 디자인에 맞는 자재들을 구매하러 가야하고, 시공 도중에도 자재가 떨어질 수 있으므로 여러 번 방문을 해야 하고 자재가 없는 경우 다른 곳에 수소문하는 등의 과정들이 필요하다

-시공의 시행착오

아무리 베테랑 인테리어 업자라고 해도 고객이 원하는 디자인은

창의적이므로 처음 하는 시공일 가능성이 높다. 또 시공을 하면서 고객이 변경을 요구하는 경우도 많다.

이런 이유들이 인테리어의 시공단가를 높이는 항목들이다. 반대로 이런 시행착오가 하나도 없고 자재 등도 대량구매가 가능하다면 기존 시공비의 절반 가격에도 가능하다.

통상적으로 3일 걸릴 인테리어를 하루 만에 끝낼 수도 있는 것이다.

새로운 방식의 인테리어 시스템

-가격이 다른 곳의 70% 수준이므로 견적과 동시에 공사 진행이 가능하다. 3군데 견적을 넣었는데 1군데 공사가 이루어진다든지 하는 시간 낭비가 없는 것이다. 견적=시공인 것이다. 이론적으로 이정도 시공단가이면 다른 곳에서는 적자를 볼 수밖에 없기 때문이다.

-디자인의 준비

짜인 디자인 약 3개 정도만을 시공한다.

고객은 미리 디자인된 인테리어를 쇼핑몰처럼 선택 후 주문을 한다. 변경은 안 된다. 시공 도중 변경을 할 경우 추가비용을 더블로 내야 한다.

이 디자인은 설계 및 시공방법, 재료 등 모든 게 미리 준비되어있는 구성이라 시행착오 없이 즉시 시공이 가능하다.

-자재의 준비

벽면자재, 바닥자재, 가구, 조명 등 미리 다 준비가 되어있다. 또 대량으로 구매해놓은 것으로 원가 또한 싸다. 주문과 동시에 차로 싣고 가서 시공만 하면 될 정도로 모든 게 준비되어 있다.

-시공의 숙련화

동일한 시공을 계속 하는 것이므로 숙련도에 의해 기존의 2-3배 정도 시공시간이 단축된다. 시공 도중 자재가 부족하여 자재상가에 가서 자재를 구매해서 온다든지 하는 일은 거의 없고, 순식간에 시공이 가능하다.

비즈니스모델

보통의 인테리어 사이트에서 시공단가가 1천만 원이 든다면 이런 시스템으로 시공 시 500만 원이면 가능하다. 마진도 충분히 붙여서 700만 원이라고 치자. 이 정도 금액도 획기적인 금액으로 인테리어 시장에서는 깜짝 놀랄만한 금액이다. 일반 인테리어 업자라면 무조건 적자를 낼 수밖에 없는 단가이다.

이런 스타일의 인테리어 시공 구조라면 획기적인 가격에 국내 모든 인테리어 주문이 이쪽으로 쏟아질 수 있다. 여기에 맞춰 수많은 인테리어 업자들을 계속 등록해놓아서 물량 주문에 차질이 없도록 해야 한다.

수많은 인테리어 업자들이 등록해서 각각의 디자인을 등록한다면 다양성 또한 좋아진다. 분야도 많아질 것이다.

수익모델

인테리어 업자들에게 주문건당 수수료를 받을 수 있다. 아무래도 가장 큰 수익일 것이다.

나중에는 자재 도매상을 해도 되겠다. 수많은 공사들에 따라 자재 또한 엄청나게 필요할 것이다. 자재를 공장에서 떼어다가 공급하는 자재 도매상도 무시 못 할 수익모델인데, 보통 인테리어 시공에 300만 원어치의 자재가 들어간다면 30% 정도의 마진을 남기고 인테리어 업자에게 공급 시 100만 원이 남는 것이다. 인테리어 판매스토어가 활성화되어 하루에 공사가 10건만 성사된다 해도 하루 1천만 원의 수익이 되는 것이다. 한 달이면 3억 원, 1년이면 36억 원의 추가수익이 발생한다. 그런데 하루 10건만 인테리어 주문이 들어오지는 않는다. 필자가 인테리어 비교사이트를 소규모로 잠시 운영한 적이 있는데 광고비를 소규모로 집행했는데도 하루 4-5건 이상의 주문은 들어왔었다.

이 스토어가 야놀자나 직방 정도로 유명해진다면 하루 주문량은 몇 천 건이 될 수 있다.

그렇다면 중계 수수료나 자재 도매상의 매출은 상상을 초월할 정도일 것이다.

재택 배달전문음식점

가게를 내지 않고 재택 부업형태로 음식을 만들어 배달

지방중소기업청에 의하면 배달을 전문으로 집에서 사업자등록증을 내고 사업을 할 수 있다고 한다. 과정은 요식업조합의 위생교육을 이수한 후 교육필증을 구청에 제출하면 요식업허가증이 나온다. 그걸 가지고 세무서에 가서 사업자등록을 하면 사업을 진행할 수 있다.

게다가 연간 매출액이 4800만 원이 넘지 않으면 부가세 면세사업자로 유지가 가능하다. 연간 매출액이 4800만 원이 넘는다면 최초 1년간만 면세사업자로 혜택을 볼 수 있다.

재택 배달전문음식점은 이미 하는 사람들이 있는 아이템인데 여기에 소개하는 이유는 최근 들어 성공 가능성이 많이 좋아졌기 때문이다. 기존에는 재택으로 음식점을 한다고 해도 손님이 오지 않기 때문에 사업 자체가 성립이 힘들었다. 하지만 최근 몇 년 들어서 배달의 민족, 배달통, 요기요와 같은 배달앱 들이 생겨나면서부터 이쪽 사업도 가능성이 보이기 시작한 것이다. 가게가 없이 재택이라도 사업자와 상호만 있으면 배달앱에 올려놓을 수가 있고 주문을 받을 수 있으니 가능해진 것이다.

게다가 간판이나 시설비가 없이 가능한 무자본 창업이다. 가게 하나 차리려면 아무리 허름한 가게라도 권리금 ,보증금 포함하면 최소 1억 원의 자본금이 있어야 하고, 폐업하고 나온다면 1억은 한순간에 날려버릴 수가 있으니 이와 같이 재택으로 무자본 창업이 얼마나 좋은 혜택인지 모르겠다.

재택 배달전문점이 좋은 점

1. 무자본 창업이다

간판, 집기, 홀 등을 마련하지 않고 오로지 조리할 수 있는 기본 집기만 있으면 따로 준비할 것도 없다.

2. 월세, 관리비가 나가지 않는다.

음식점에 손님이 웬만큼 있어도 한 달 장사해보면 남는 게 없는 이유가 월세 탓도 크다.

월세내고 상가 관리비 내고 하면 진짜 남는 게 없다.

3. 연간 매출 4800만 원이 넘지 않으면 부가세 면세 혜택이 주어진다.

연간 매출 4800만 원이라는 건 사실 세무서에 신고하는 매출이다. 신용카드와 현금 일부를 신고할 텐데 부업 삼아 하는 거라면 이 정도 매출을 넘기지 않는다면 그 다음 해에도 부가세 면세 혜택을 받을 수 있어서 좋다. 부가가치세가 매출액의 9.1%(11000원짜리 음식이면 1천원은 부가가치세이다.)이므로 상당히 큰 금액을 절약할 수 있는 것이다.

주의할 점

1. 사업자등록을 할 때 간이과세사업자로 신청하여야 한다. 일반 과세로 처음부터 신청하게 되면 부가세 과세 사업자가 되어 부가가치세 면세 혜택이 없다.

2. 배달은 배달 대행업체에 맡기면 되는데 한 주문 당 2천원이 들어간다.
그러므로 건당 배달 금액은 최소 2만 원 정도가 넘어야 손실이 없다. 2만 원 미만은 배달료를 별도로 받는 것도 좋다. 2천원도 아끼려면 직접 배달하면 좋다.

3. 전단지를 만들어서 돌리거나 배달앱을 활용한다면 영업시간을 지정해서 등록하는 것이 좋다. 안 그러면 자는 시간이고 밥 먹는 시간이고 시도 때도 없이 전화벨이 울릴 것이다.

저금리 대출로 갈아타는 대환대출

비싼 금리로 받는 대출을 싼 대출 회사로 옮겨주는 대환대출

대환대출이란 금융기관에서 대출을 받은 뒤에 이전의 고금리 대출금이나 연체금을 갚는 제도를 말한다. 대표적인 정부지원 서민대출상품인 햇살론의 가장 큰 장점은 은행권 이용이 어려운 저소득, 저신용 서민들을 대상으로 한다는 점과 기존의 고금리 신용대출을 대환대출 할 수 있다는 점을 들 수 있다. 햇살론은 4대 보험 가입자도 대환 대출이 가능하다는 장점이 있으나 단점은 저축은행권은 대환이 되지 않는다는 점이다.

정부기관의 힘을 빌리지 않고 대환을 하는 방법도 있는데 가장 좋은 건 신용등급을 올리는 것이다. 신용등급이 올라가면 대출이 되지 않던 제1금융권이나 캐피탈 사의 대출 조건에 부합하기 때문에 대환대출이 가능하다. 또 4대보험이 되는 직장으로 옮겨도 대출조건은 훨씬 좋아진다.

신용등급을 올려서 대환대출을 받는 방법 중에 좋은 건 일단 누군가에게 돈을 빌려서 금융권 대출을 싹 갚는 것이다. 그러면 얼마 되지 않아 신용등급이 확 올라간다. 그때 제도권 금융사에서 돈을 빌린다면 기존 보다 훨씬 저렴한 이자로 대출이 가능하다.

또 다른 방법은 상위 금융권에 저금리 대출 여부를 수시로 체크하는 것이다. 금융회사들이 일시적으로 실적을 늘리기 위해 저신용자들도 대출조건을 완화해주는 경우가 있기 때문이다.

아래는 대환 대출 방법을 통해 대출 이자를 획기적으로 줄여나간 사례이다.

저금리 대환대출로 빚 탈출 사례

A씨는 급전이 필요해 대부업체에 5천만 원을 3년 만기 상환으로 연 35%의 이율로 빌렸다.

연 이자만 1750만 원을 내야 할 상황이었는데 대환 대출 방법으로 2500만 원 가량을 절약 할 수 있었다. 대환 대출 순서는 아래와 같았다.

1.대부업체로부터 => 제2금융권으로 대출 이동 : 연 25%대 이율

2.제2금융권으로부터 => 외국계 금융권으로 대출 이동 : 연 15%대 이율

3. 외국계 금융권으로부터 => 제 1금융권으로 대출 이동 : 연 5%대 이율

이와 같이 신용등급을 올리는 방법으로 대환대출이 성공하여 3연간 이자 2500여만 원을 절감할 수 있게 되었다.

비즈니스 진행

대환 대출 서비스를 하려면 일단 대부업 대리점으로 등록하여 각 금융기관들과 대리점 계약이 되어있어야 수익 창출이 가능하다. 대리점을 당장 내기 힘들다면 대리점의 지점을 등록하면 된다. 그러면 일정액의 수수료를 떼고 지점에서 내려 받을 수 있다. 나중에 지점이 커지면 그때 대리점을 내면 된다.

각 금융권마다 대환대출용 고객용 상품들이 출시되므로 고객들을 한 단계씩 윗단계로 대환 대출을 시켜주면 되는 것이다. 어차피 대출이 일어나면 취급 수수료라는 게 있기 때문에 취급 수수료의 일부를 받게 된다고 보면 된다.

요새는 대환 대출에 대한 인식이 좋아져서 기존 대부회사에서 대환대출 전문 대출회사로 전환하는 경우도 상당히 많다.

저신용자 렌터카 사업

타 렌터카 회사에서 거절한 저신용자,
신용불량자를 대상으로 하는 렌터카사업

기업체에서 운영하는 장기렌터카 회사는 8등급 밑의 저신용자에게는 대부분 렌트를 해주지 않는다. 하지만 저신용자들 중에서도 렌트 차량을 강력히 원하는 경우가 많다. 구매의 경우 자산으로 잡히기 때문에 소유를 꺼려하기 때문이다. 그렇다고 저신용자라고 해서 돈을 안내는 건 아니다. 단지 돈을 안 낼 확률이 조금 더 높은 건 있다.

저신용자 대상 렌터카사업은 바로 이런 발상에서 사업 아이템이 나온 것이다. 개인회생, 신용회복, 파산면책, 신용불량,8등급이하의 신용자들은 물론 월 렌트료를 안 낼 확률이 높다. 하지만 실제로는 그렇게 많이 차이가 나는 건 아니었다. 그렇다면 여기에 맞게 월 렌트료를 높여서 받으면 되는 것이다. 저신용자들이 월 렌탈료를 체납할 가능성은 각 상황별로 빅데이터가 나와있다. 개인회생 절차를 밟고 있는 사람은 몇 %, 8등급은 몇 % 등 수년간에 걸친 경험을 토대로 하고 있다.

그래서 빅데이터를 적용한 저신용자 대상의 렌터카는 월 비용이 좀 높다. 하지만 다른데서는 돈을 더 낸다고 해도 절대 렌터카를 빌려주지 않는다. 또 저신용자가 차량을 할부로 구매하면 차량이 부채로 남기 때문에 신용에 더 악영향을 줄 수 있다. 하지만 렌터카는 단지 빌려 타는 개념이기 때문에 아무런 부채로도 남지 않고, 자산으로도 남지 않기 때문에 돈을 더 지불하더라도 렌터카를 선호하는 것이다.

그러므로 저신용자 렌터카는 워크아웃, 개인회생, 파산면책 자들이 선호할 수밖에 없다.

장기렌터카를 정상적으로 신용이 좋은 사람한테 빌려줬을 경우 최종 약 10%의 마진이 남는다. 하지만 저신용자에게 빌려줬을 경우는 15%~20%의 마진이 남는다. 체납을 적용하게 되면 이보다는 적은 마진이 남게 되는데 중소기업에서 저신용자 대상 사업을 하는 이유는 대기업에서 취급을 하지 않는 틈새시장이기 때문이다.

렌터카 시장이 매년 급속도로 커지고 있다고는 하지만 대기업 쪽만 시장이 커질 뿐 중소기업 쪽의 시장은 경쟁력 때문에 오히려 더 축소되고 있는 실정이다. 중소규모의 렌터카 사업장의 매물도 꽤 늘어나고 있는 실정이다.

또 저신용자 대상의 사업을 하지 않는 이유는 체납의 위험성이 크기 때문이다. 자동차는 금액단위가 크기 때문에 중소 렌터카 회사에서 차량 몇 대만 손실을 봐도 파산을 할 수가 있기 때문에 섣불리 손을 안대는 것이다. 차라리 마진은 적더라도 신용 좋은 사람들 위주로 차를 빌려주고 위험을 감수하지 않으려 하기 때문이다.

그런데 렌터카 사업을 하려면 렌터카 라이선스가 있어야 한다. 먼저 허가증을 발급 받아야 하는데 차고지가 있어야 하고 차량 50대가 확보되어 있어야 한다. 그러므로 렌터카 사업을 신규로 하기가 쉽지가 않다. 하지만 방법은 몇 가지 있다.

기존 렌터카 회사를 인수하는 방법이다. 요새 중소 렌터카 회사들은 다들 힘들기 때문에 매물이 꽤 많이 나와 있다. 차량은 가격으로 계산하고, 사업자 프리미엄 한 1억 정도 얹어서 가격이 형성되어 있다.

아니면 렌터카 창업을 대행해 주는 브로커가 있다. 몇 천만 원 정도 주면 처음부터 사업자가 나오기까지 맡아서 진행해준다.

또 한 가지 방법은 렌터카 회사 밑에 지점을 내서 운영하면 된다.

하지만 저신용대상 렌터카 회사를 틈새사업으로 창업하더라도 기본적으로 인터넷으로 사업을 할 것이기 때문에 광고에 대한 지식은 갖춰야 한다. 인터넷이나 앱 쪽을 전혀 모르고 접근할 수는 없기 때문이다. 그렇다면 타 사와의 경쟁에서 뒤쳐질 수도 있다.

점집 소개사이트

전국 지역별 유명 점집을 소개하고 리뷰하는 사이트

2016년 기준 국내 역술인, 무속인의 수는 100만 명을 넘어섰다. 세상은 정보 고도화 사회로 접어들고 있는데 아이러니하게도 사람은 갈수록 미래를 역학이나 운에 의존하고 있다.

표와 같이 2006년에 비해 2016년도 역학인들은 3배 가까이 늘어났다. 물론 역술인협회 등에 등록 인원수를 기준으로 하므로 미등록자들이 최근에 정식으로 등록한 사례도 있을 것이다.

사실 역학은 중국의 명리학을 가지고 풀이를 하는 학문인데, 명리학 자체가 통계학에 근간을 둔다고 볼 수 있다. 결국 사람이 태어난 계절, 시간, 절기 등을 가지고 통계적으로 성향이나 기질 등을 파악한 학문이라고 볼 수 있다. 그런데 이런 통계가 100%는 아니지만 대체로 맞아떨어진다는데 묘미가 있다. 물론 제대로 배우지 않고 단순히 점집을 차려 돈을 벌기 위해 학원 몇 달 다녀서 점을 보는 사람들도 많다.

만일 50%의 확률 정도로 맞춘다면 사람들은 5:5의 확률이라고 생각하고 더 이상 점집을 찾지 않을 것이다. 하지만 그것보다는 높은 확률로 과거나 미래를 맞추기 때문에 사람들은 계속 점집을 찾게 되는 것이다. 어떤 경우는 거의 90%가 넘는 확률로 맞추는데 과학적으로는 도저히 설명이 되지 않는다.

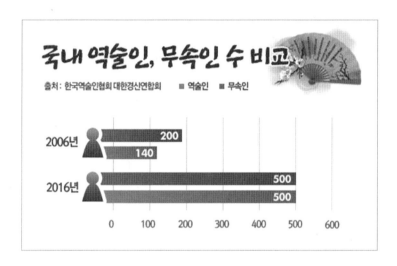

비즈니스 방식

인터넷 상에서 유명 점집을 찾기가 참 힘들다. 점집에서 직접 올린 글들도 많고, 블로그에 글 좀 제발 써달라고 해서 올라온 글들도 많다. 하지만 점집이라는 곳이 은밀한 곳이다 보니 다들 노출을 꺼려하고, 대놓고 광고하기도 좀 그렇다. 또 점집 갔다 온 것을 자랑삼아 글 올리는 이도 드물다. 그래서 점집에 대한 정보를 찾기가 사실상 힘들었다.

보통 다른 업종들은 인터넷을 통한 검색이나 지식인이나 블로그 등을 통해서 얻는 정보가 소개를 통한 정보보다 정확한 경우가 많다. 하지만 보통 점집은 소개를 통해서 가게 되는데

실제로 블로그나 지식인을 통해서 발굴한 점집을 가보면 좀 별로

다. 소개가 확실하다.

왜 그런가 했더니 점집에 대한 정보는 정보 자체가 인터넷 상에서 활발하게 교류되지가 않는다. 그렇다 보니 지식인이나 블로그를 통해서 가보면 만족할 만한 결과를 얻지 못한다. 블로그나 지식인이나 광고 등은 점집 자체에서 게재한 경우가 많기 때문에 실제 이 사람의 능력은 거기에 미치지 못하는 경우가 허다하다.

그래서 인터넷 상으로 유명 점집을 소개하고, 리뷰하고, 추천하는 서비스를 기획하게 되었다. 사이트에서는 각 지역별로 나눠서 이름 있는 점집들을 지속적으로 올려놓아서 고객들이 해당 점집을 갔다 와서 리뷰도 달고, 추천도 해주는 서비스이다.

시간이 지나서 이 사이트가 유명해진다면 유명 점집들에서 먼저 등록을 원할 것이다. 또 신규 개설한 점집등도 등용문이 될 수 있다.

수익모델

사이트의 기본 서비스는 무료로 오픈한다. 대신 추천 점집이나 사이트에서 탐방을 하거나 집중적으로 소개하는 점집들은 유료로 게재를 하는 방식이다. 또 인터넷으로 볼 수 있는 사주나 080 유료 전화 사주 같은 걸 추천 메뉴로 걸어놓고 부업 삼아 서비스할 수 있다.

고객들에게 유료 코너가 하나 있는데 바로 신 내림 받은 무당 코너는 유료로 결제를 해야 정보를 볼 수 있다. 신 내림 받은 지 6개월 이내의 무당은 굉장히 영험하고, 잘 맞춘다. 그래서 점집 좀 다녀봤다고 하는 점 매니아들은 신 내림 바로 받은 무당을 수소문해서 찾아다닌다.

비전

아직까지 인터넷으로 점집을 모아놓고 포탈처럼 서비스하는 곳은 없다.

또 정보 고도화가 되면 될수록 오히려 사람들은 역학을 더 찾는 기이한 현상을 발견할 수 있는데, 그럴수록 역학 관련 비즈니스는 더 전망이 밝다고 하겠다.

사실 점집 차리는데 돈도 별로 안 든다. 역학 학원 한 6개월 정도 마스터하고 역학협회에 등록한 후 오피스텔 하나 얻어서 점집을 차리면 된다. 또 정년이라는 게 없어서 퇴직한 분들이 공부해서 하기에 안성맞춤이다. 오히려 나이가 들면 들수록 사람 보는 눈이 생겨서 더 정확도는 올라간다. 그래서 한때 점집이 블루오션 산업으로 떠오르기도 한 것이다.

정부 보조금 받는 요양병원

1인당 정부보조금을 140만 원까지 받는 요양병원

요양병원은 의사면허나 한의사면허가 있어야 일단 설립이 가능하므로 일반인은 동업 등이 아니고는 설립이 힘들겠다.

요양병원의 가장 큰 장점은 1인당 정부 보조금을 140만 원까지 받을 수 있고, 치료항목 별로 별도 수가가 책정되어 있어 청구할 수가 있다. 또한 등급도 1등급~5등급까지 있어서 1등급에 해당하면 가산을 더 받을 수 있다.

운영을 잘 하면 수익성도 괜찮은데 한 요양병원의 사례를 보면, 자본금 20억 원, 300병동 규모, 직원 90명, 매출액 연간 80억 원에 4연간 18억 원의 이익을 거두었다고 한다.

이런 성공 사례 때문인지 의사를 그만두고 요양병원을 개원한 사례가 최근 상당히 늘고 있는데 5연간 2배 가까이 요양병원이 생겨날 정도로 급속히 늘고 있다.

수익모델

1.입원료 정액수가

입원 환자가 있으면 기본적인 입원정액수가 있다.

다만 의사 및 간호인력 확보 수준에 따라 입원료 가감이 이루어진다. 의사인력은 1~5등급, 간호 인력은 1~8등급으로 입원료가 차등적으로 적용된다. 그러므로 많은 병원들이 1등급을 받기 위해 인력을 많이 충원하기도 하는데 너무 많은 인력은 손실을 초래하기도 한다.

2. 치료항목별 별도 수가 적용

폐렴치료, 패혈증치료, 중환자실 입원기간, 외과적 수술에 따른 치료기간 등은 행위별로 청구할 수 있다. 하지만 요양병원의 수가가 어떻게 책정되고 있는지에 대한 지식이 많이 있어야 병원을 손실 없이 운영할 수 있는데, 전문재활치료나 혈액투석 등은 수입에 도움이 되므로 시행하는 것이 좋고, CT나 MRI는 찍으면 거의 삭감되는 경우가 많으므로 알고 있어야 한다.

요양병원은 수요가 급격하게 늘어나기도 하지만 요양병원 자체도 많이 늘어나고 있는 실정이다. 그만큼 경쟁은 격해지고 있는데 문제는 노인요양원의 진입 장벽이 지나치게 낮은 데 있다. 요양병원 설립 요건은 지방자치단체에 신고만 하면 특별한 일이 없는 한 허가를 얻을 수 있기 때문이다.

운영을 잘 할 수 있는 팁

1.의사, 간호사 인력비용

비용 중 가장 많이 차지하는 부분인데 1등급을 받기 위해서는 환자 대비 충분한 인력도 있어야 하겠지만 너무 많은 인력을 뽑게 되면 가산을 받는 것보다 손실이 더 커질 수 있으므로 적정 인력을 유지해야 경영 수지가 맞는다.

2. 수가계산

치료 항목별 수가가 어떻게 정해져 있는지 확인해서 항시 적용시 키면 경영에 많은 도움이 된다.

3. 외과의사만 할 수 있는 부분에 집중

폐렴치료, 패혈증치료, 중환자실 입원기간, 외과적 수술에 따른 치료기간 등은 행위별로 청구할 수 있으므로 외과수술 부분이 유리하다.

지역별 요양병원 현황

출처:통계청

2018년	지역	2013년 5월
106	서울지원	176
92	부산지원	178
94	대구지원	157
100	광주지원	171
96	대전지원	151
125	수원지원	244
79	창원지원	132
692	합계	1,209

주식투자 카페

유료회원을 몇 십만 명씩 모아놓고 애널리스트가
주식종목을 추천해주는 비즈니스

　　인터넷 주식카페, 주식정보제공 사이트는 많이들 보았을 것이다. 그런데 주식카페만 운영해서 몇 백 억대 재벌이 된 사람들이 꽤 있다. 좀 이해가 안 되겠지만 애널리스트와 인터넷의 절묘한 조합이 성공을 이끌었다고 볼 수 있다. 정말 환상의 궁합이다.

미래를 예측할 수 있는 사람은 사실 거의 없다. 미래는 신의 영역이기 때문에 무한한 변수가 중간에 있기 때문이다. 필자도 주식을 10년 가까이 해보았지만 돈만 몇 억 날리고 말았다. 차트나 뉴스 정보나 이런 걸로는 도저히 예측할 수 없다는 걸 알았다.

그런데 주식 카페 같은 경우는 굉장히 묘한 메커니즘이 작용해서 사람들을 끌어 모으고 있다. 이건 주식이라는 존재의 특성인 것인데, 주가라는 것이 사람들이 많이 사면 살수록 오르고 관심이 사라지면 떨어진다. 그런데 만일 한 종목을 동시에 몇 천 명이 구매를 하려고 하면 어떻게 될까? 순식간에 상한가가 될 것이다.

주식 정보라는 것이 증권업계의 베테랑들도 내일의 주가를 거의 예측하지 못하고 있다. 만일 그 중에 한 명이라도 60%의 확률로 내일의 주가정보를 예측할 수 있다면 그 사람은 당장 세계 최고의 부자가 될 것이다. 그런데 지금까지 우리나라에서 주식매매를 잘 해서 재벌순위에서 이건희를 따라잡은 사람이 없다.

하지만 주식카페 같은 경우는 내일의 주가를 예측한다. 왜냐하면 애널리스트가 목표한 주식을 몇 십만 명에게 권유를 할 경우 그 주식을 회원들은 살 테고 그러면 주가는 오를 수밖에 없다. 그래 서 그 종목에 투자한 회원은 돈을 버는 것이다.

예전에만 하더라도 음성적으로 회원들을 몇 천 명씩 모집해놓 고 추천종목을 문자로 보내준다. 내부자거래 종목이라느니 천기 누설이라느니 해서 종목을 몇 천 명, 몇 만 명한테 보내주면 그중 에 1%만 구매를 하더라도 종목은 오를 수밖에 없으므로 그 주식 은 오르게 된다.

그런데 사전에 운영자는 작업할 종목을 장기간에 걸쳐서 미리 사 놓은 것이다. 회원들에게 문자를 대량으로 보내서 주가가 상한가 를 치기 시작하면 자기 물량을 은근슬쩍 시장에 내놓는 방식으 로 돈을 번 것이다. 이렇게 하다가 증권 거래법 위반 등으로 처벌 을 받은 사례가 굉장히 많았다. 지금은 계좌 조사를 감독기관에서 다 하기 때문에 이와 같은 방식은 원칙적으로 봉쇄당해서 힘들 것 이다. 물론 이런 와중에도 차명으로 계좌 만들어서 잡혀가기도 한 다.

그렇다면 회원제 주식카페는 어떤 식으로 수익을 창출할까?

유료회원제이다. 프리미엄 회원 같은 경우 월 50만 원, 100만 원이다. 회원 가입하면 일주일에 2~3종목씩 추천을 받을 수 있는데 그중 상당수는 실제로 오르기 때문에 유료 회원들은 꾸준히 늘어가는 것이다. 모 사이트는 월 50만 원짜리 회원만 만 명을 보유한 곳도 있어서 놀란 적이 있는데 그 정도로 열광적으로 활동하는 애널리스트 사이트들도 있었다.

그런데 애널리스트들이 추천한 종목은 대형 우량주는 아니다. 대형 우량주들은 외국의 대형 기관에서 주로 투자를 하기 때문에 이런 종목을 개미들이 컨트롤할 수 없기 때문이다.

주로 추천하는 종목들은 너무 싸지 않으면서, 상장폐지 될 가능성이 없고, 코스닥 종목 종 그래도 우량한 종목 위주로 추천을 하는데 추천한 종목들은 대체로 주가가 오른다.

나중에 다시 떨어질 수도 있긴 하겠지만 추천 전후로는 주가가 오르는 경우가 많다. 왜냐하면 추천에 들어간 종목들은 회원들이 다들 사기 때문에 많은 사람들이 사는 종목은 자연히 오를 수밖에 없다.

가파르게 오르는 종목은 사실 그 종목이 좋아서 오른다기보다는 수요와 공급의 법칙에 따라 오른다. 팔려는 사람보다 사려는 사람이 많으면 호가를 더 올려야 하기 때문에 구매가가 오를 수밖에 없다.

이런 방식으로 주식사이트나 주식카페 등은 수익을 창출하기 때

문에 대량의 트래픽으로 회원들을 모집할 수만 있다면 이런 사업
도 나쁘진 않다. 하지만 돈을 더 벌려고 불법적인 방식으로 사업
을 한다면 바로 감옥에 갈 것이다. 금융당국도 이와 같은 유사투
자자문사들을 항상 눈 여겨 보고 있고, 데이터를 수집하고 있기
때문에 불법성을 가지고 사업하면 결말은 항상 안 좋을 것이다.

주유하는동안 흠집제거

주유소에서 주유하는 동안 자동차 흠집제거, 에어컨 필터교환 서비스

제목과 같이 주유소에서 부가 수익을 올릴 수 있는 아이템이다. 그동안 주유소에서 부가 수익을 올릴 수 있는 건 자동세차일 것이다. 자유로의 어떤 주유소는 자동세차를 하려고 2중으로 줄을 쫙 서있는 모습을 출퇴근을 하면 목격하게 되는데, 주유 수익보다 세차 수익이 더 쏠쏠할 정도이다.

본 아이템의 핵심은 주유를 하는 동안 1분 이내에 처리할 수 있다는데 포인트가 있다.

요새는 기술이 발달하여 웬만한 자동차 흠집은 흠집제거액을 바르기만 해도 몇 초 안에 차가 깨끗해진다. 그런데 일반인들이 흠집제거액을 구비해놓고 쓰지는 않는다. 흠집이 자주 나는 것도 아니라서 몇 만 원짜리 제품을 사기도 좀 그럴 것이다.

그래서 주유소에 본 아이템을 접목시키면 괜찮겠다는 생각이 들었는데 짧은 몇 초 안에 흠집 난 곳에 바르고 걸레로 문지르면 감쪽같이 흠집이 제거가 된다. 하지만 흠집이 페인트 층을 더 뚫고 차체까지 손상이 된 경우는 별도로 수리를 해야 한다. 이런 경우 주유소 옆에 카센터가 있다면 고객을 그리로 보낼 수 있다. 그렇게 되면 또 별도의 수익을 카센터로부터 받을 수 있어 좋다.

또 한 가지 아이템은 에어컨 필터인데 에어컨 필터는 차량 조수석의 앞쪽 사물함 서랍 같은 것을 빼내면 필터를 교환할 수 있게 되어있다. 이것도 2-3분이면 처리할 수 있고, 숙련되면 1분도 안 걸린다. 공기청정기 필터 교환하듯이 교환하면 된다.

 하지만 차가 특이한 기종일 경우 맞는 에어컨 필터가 없을 수 있는데 이런 차도 옆에 카센터로 보내면 된다.

수익모델

1.흠집제거

흠집제거로 1만 원을 받는다.

자동차는 새 차가 아닌 이상 여기저기 크고 작은 흠집이 나있기 마련이다. 몇 군데 흠집을 제거한다고 해도 채 1분도 안 걸릴 것이다. 흠집제거제 뿌리고, 걸레로 문지르면 된다.

주기적으로 흠집을 제거하려고 주유소에 기름 넣으러 오는 경우도 발생할 것이다.

2. 에어컨 필터 교환

에어컨 필터는 2만 원 정도 받으면 적당할 것 같다. 직접 구매하면 6천 원 정도하므로 공임 포함해서 2만 원 정도면 적당해 보인다.

보통 에어컨 필터를 엔진오일 교환할 때 같이 교환하는 경우가 많다. 그렇다면 주기가 맞지 않는다. 엔진오일은 보통 1년에 두 번 정도 갈 텐데, 에어컨 필터는 3개월만 지나면 시커멓다. 실내에 공기를 안 좋게 해서 폐질환을 유발할 수 있다. 필자는 에어컨 필터를 옥션에서 5개씩 사다놓고 몇 달에 한 번씩 가는데, 필터가 정말 시커멓다. 자동차 실내의 공기가 얼마나 안 좋은지 알 수가 있었다. 사람들이 에어컨 필터를 자주 안 가는 이유는 에어컨 필터의 상태를 직접 눈으로 보지 않기 때문일 것이다.

3. 짧은 시간에 처리가 안 되는 것들과 추가적인 수리가 발견될 경우 주유소 옆에 카센터로 보내고 별도 수수료를 받으면 좋다. 눈여겨보면 보통 주유소 근처에는 카센터가 있는 경우가 많기 때문에 카센터로 보내면 되겠다. 카센터가 없다면 옆에다 하나 차리면 좋겠다.

중소기업 정책자금 안내

중소기업을 지원하는 각종 정책자금을 소개

    정부에서는 중소기업을 위해 여러 가지 지원제도를 내놓고 있는데 이런 정책들은 많은 회사들이 구체적으로 어떻게 시행되는지를 잘 알지 못할 뿐더러 자금을 지원 받는 방법도 알지 못하는 경우가 많다.

그래서 정부에서 지원하는 자금들을 전문적으로 분석해서 중소기업에 지원을 성사시켜주는 비즈니스라 하겠다. 정부에서 시행하는 정책자금 지원제도는 아래와 같다.

정책자금 지원제도

-정책자금 지원제도는 정부가 중소기업 경쟁력 강화, 창업촉진 등 정책목표를 달성하기 위해 예산 및 기금 등을 원천으로 조성한 자금을 중소기업에 저리로 융자·출연·출자·보조의 형태로 지원하는 제도

-중소기업에 대한 정책자금은 중소벤처기업부, 중소기업진흥공단, 산업통상자원부 등 정부 각 기관, 지방자치단체 등에서 운영

특히 중소벤처기업부에서 취급하는 정책자금이 큰 비중을 차지하고 있는데, 그 종류에는 창업기업지원자금, 투융자복합금융융자

금, 신시장진출지원자금, 신성장기반자금 등이 있음.

정책자금 종류

-고용관련 정책지원금

 청년추가고용장려금: 1인당 최대 연900만 원씩 3년간 지원

 정규직전환지원금: 대상근로자 고용 시 1연간 우선지원대상기업은 최대 720만 원

 청년취업인턴제: 인턴 신청자를 인턴으로 채용한 기업은 월60만 원, 정규직 전환하여 6개월 고용유지 시 65만 원*6월분(390만 원)

-중소기업 정책자금융자: 개별기업 당 융자한도는 중소벤처기업부 소관 정책자금의 융자잔액 기준으로 45억 원

-신용보증기금

우수기술 창업기업: 연대보증 면제 보증금액 기준으로 같은 기업당 2억 원 이내

전문가 창업기업: 연대보증 면제 보증금액 기준으로 같은 기업만 3억 원 이내

진행

이 비즈니스는 회사 차원에서 너무 크게 하는 건 문제가 있다. 이런 제도를 악용해서 일부 회사에게만 많은 정책자금이 매년 흘러

들어가는 부작용이 발생하여 악성 전문 브로커들을 단속하기 때문이다.

그럼에도 불구하기 워낙 큰돈이 중소기업정책자금으로 책정되어있다 보니 정책자금 관련한 비즈니스들이 상당히 많다. 정책자금을 전문적으로 강의하는 학원도 있고, 보험사에서도 정책자금을 받아주는 비즈니스를 진행하여 보험을 가입시키고 있고, 노무사, 세무사 등에서도 진행하고 있다.

필자의 회사에서도 작년 노무관련 정책자금을 1억 원이나 환급받기도 했다. 정규직을 일시에 많이 전환 시켰더니 1억 가까운 돈이 들어왔다. 그제야 실감이 났는데 사업을 하는 17년 동안 이런 정책자금을 나도 받을 수 있다는 걸 전혀 모르고 있었다.

왜 일반 회사에서 정책자금 혜택을 받기 힘든가 하면 수급 과정이 복잡하기 때문이다. 아니 복잡하게 느끼는 지도 모르겠다. 누군가 대행을 해주지 않고는 수급이 힘든 구조이다.

정부에서는 너무 많이 수급하니까 과정을 까다롭게 한 것 같은데 그러다보니 전문 브로커를 통하지 않고는 자금수급이 어려워진 것 같다. 또 정책지원금에 대한 홍보도 거의 안하므로 이런 게 있다는 걸 알고 타 먹는 회사만 계속 타 먹게 되는 것 같다.

적용모델

정책자금 소개 비즈니스는 단순 브로커 역할로 수수료 몇% 받는 것은 큰 실효성은 없다.

이 비즈니스는 회사를 상대로 영업을 해야 하는 업종에 적합하다. 주로 B2B사업을 하는 비즈니스가 적당할 것이다.

세무회계사무소나 노무사 등을 하면서 신규 기장을 할 업체를 개척할 때 유용하게 써먹을 수 있다. 또는 판촉물 업체나 기업용 납품회사에서도 신규 거래처를 뚫을 때 이런 정보들을 소개해주면서 자연스럽게 거래를 터 가는데 사용하면 안성맞춤일 것이다.

그러므로 영업의 도구로써 굉장한 가치가 있다는 것이다. 실제 기업을 상대로 하는 보험업계에서 이런 비즈니스를 많이 하기도 하는데 필자가 아는 곳은 연 100억 이상의 매출을 올리고 있다.

또 기업체 컨설팅 회사들도 단골 메뉴로 정책자금을 취급한다. 노무, 세무회계, 감사 등을 전문으로 하는 중소기업 컨설팅 회사가 있는데 월 30만 원 관리비용을 받으면서 이와 같은 정책자금 컨설팅도 같이 넣어서 해준다. 그러므로 이런 정부의 프로세서를 잘 알고 있으면 비즈니스를 펼쳐 가는데 많은 도움이 될 것이다.

쫄깃라면 전문점

라면 맛있게 끓이는 레시피를 활용한 라면 전문점

라면 맛있게 끓이는 방법에 대한 수많은 레시피가 나왔을 정도로 사람들은 라면에 열광한다. 한국의 연간 라면 소비량은 37만 8천개로 국민 1인당 84개의 라면을 먹는다.

라면을 맛있게 끓이는 방법 중에 면발을 쫄깃하게 하는 방법을 우연찮게 이론적으로 알게 되었는데 실제 실험을 해보니 라면이 정말 쫄깃하게 끓여졌다. 라면 면발을 쫄깃한 식감을 느끼게 하는 건 뭘까 하고 고민을 해봤는데 tv 등에서 면발에 공기와 접촉을 많이 시켜주면 면발이 쫄깃하게 맛있게 요리가 된다는 걸 봤다. 이걸 과학적으로 분석해보니 면을 삶을 때 면이 익을 무렵 면발을 꺼내서 공기 중에 노출시켜주면 공기와 면의 표면이 접촉을 하여 수분이 날아가 약간 딱딱해지는 것을 알게 되었다.

사람들은 면 표면이 약간 딱딱해진 것을 씹을 때 식감이 좋다고 느끼는 것이다. 그래서 실험을 해보았다. 면발이 익기 바로 전에 면을 다 꺼내서 접시에 담아 찬바람을 30초 동안 강하게 쐬어주어 보았다. 기기는 선풍기를 사용하였다. 그랬더니 면발 표면에 수분이 날아가 좀 단단해 보이는 면발로 변했다. 면을 다시 냄비에 넣고 조리를 마쳤다.

라면을 젓가락으로 집어서 먹어보니 정말 쫄깃쫄깃한 게 식감이 좋았다. 이 정도 맛이면 라면 하나만 가지고도 전문적인 라면 프랜차이즈를 만들어도 될 듯싶었다.

면 요리가 사실 마진이 많이 남는다. 일반 음식점의 경우 밑반찬 값이 많이 나가서 원가가 많이 든다. 국수나 라면 같이 면 요리는 밑반찬이라고 해봐야 김치나 단무지 정도여서 원가적인 면에서 마진이 많이 남는다.

학원가 같은 데 가보면 라면을 대량으로 끓이는 음식점들이 있는데 많은 주문을 소화하기 위해서 라면을 하나하나 끓이는 것이 아니라, 엄청나게 큰 솥에 라면 100개분의 라면 국물을 따로 끓인다. 주문이 들어오면 거기서 라면 국물을 퍼다가 양은냄비에 담고 라면을 넣고 계란을 넣는 방식으로 라면 조리를 한다. 이런 방식이라면 한명이 한 시간에 100개의 라면도 끓일 수 있을 것 같았다. 라면 전문점을 오픈한다면 이런 요리 방식도 도입해볼 만하다.

라면 맛있게 끓이는 레시피

1. 물 550CC에 라면 스프를 넣고 끓인다.

2. 1분 정도 라면 국물을 끓인 후 면을 넣는다.

3. 별도 그릇에 파를 썰고, 계란을 풀어서 잘 저은 후 라면 위에 얹는다.

4. 면이 익을 무렵 꺼내서 별도 접시에 면을 담는다.

5. 강한 선풍기 바람을 면에 30초 동안 쐬어준다.

6. 면을 다시 라면에 넣고 조리를 끝낸다.

이렇게 새로 개발한 방식으로 라면을 한번 끓여서 먹어본다면 라면 전문점을 해볼 만할 것이다. 주문이 많을 경우는 라면 국물만 따로 끓이는 대형 솥을 준비해야 한다. 거기서는 항상 라면 100개가 들어갈 분량의 라면 국물을 우려내고 있어야 한다.

키오스크를 부착한 부동산

키오스크를 부착한 부동산 무인시스템으로 매물을 등록하고 열람할 수 있음

    부동산을 방문하지 않고 쉽게 부동산 매매, 임대 정보를 파악할 수 있는 단말기를 부착한 부동산으로 접근성을 높인 것이다. 장점은 부동산에 사람이 없더라도 1년 365일 검색이 가능하고, 등록도 가능하다.

기존의 문제점

부동산업은 매물정보가 생명이므로 아직까지도 정보공개를 꺼려하는 대표적 업종이다. 부동산 앱이나 포탈 등에 등록된 정보는 20%도 안 된다. 거의 대부분의 정보는 해당 부동산에서만 비밀로 해서 자사 고객에게만 공개를 하므로 정보의 폐쇄성이 유지되는 업종이다. 이건 정보기술이 발달한다고 해도 정보가 공유되기는 쉽지가 않을 것이다.

그래서 정보를 비공개로 유지하면서 최종 거래는 단말기가 설치된 부동산에서 서면으로 거래가 될 수 있도록 한 시스템이다. 장점은 단말기가 설치된 부동산끼리는 정보공유가 가능하여 거래 성사 시 부동산간에 5:5 정도로 수수료를 쉐어할 수 있다.

주요기능

1.등록기능

매매, 임대 등을 등록할 수 있다.

부동산에 사람이 없더라도 언제든지 매매정보나 임대정보를 등

록할 수 있다.

2.검색기능

매매나 임차를 구하는 사람은 단말기를 통해 검색해볼 수 있으며

적당한 물건이 있을 경우 부동산에 방문하여 계약을 성사할 수 있

다.

3.예약기능

자신이 찾는 매매금액이나 임대금액을 올려놓고 기다리면 조건에 맞는 거래를 부동산에서 성사시킨다.

4.네트워크 기능

단말기가 설치된 부동산끼리 정보교류가 자동으로 가능하므로 검색자는 해당 부동산뿐만 아니라 다른 부동산에서 나온 매물 정보까지도 검색이 가능하다. 물론 거래 수수료는 부동산 끼리 5:5 정도로 나눠 갖는다.

5.광고 등 부가수익 창출

단말기는 지나가는 고객들이 항시 볼 수 있으므로 분양회사 등에서 광고비를 지불하고 광고를 노출시킬 수 있다. 또 단말기 제조 시부터 분양회사에서 단말기 금액의 일부를 지원해줘서 기기 값을 싸게 공급할 수도 있다.

마치 아마존에서 킨들파이어를 원가 이하 수준에 판매를 하고 단말기에는 자사의 책 광고가 항시 노출되는 것을 연상하면 되겠다.

입출력 단말기의 장점

1. 무인 시스템으로 운영되므로 1년 365일 운용이 가능하다.

2. 무인 시스템이라고 해도 최종 거래는 부동산을 통해서 계약해야 하므로 수수료는 기존과 동일하게 받을 수 있다.

3.단말기를 설치한 부동산끼리 정보 공유가 가능하므로 사용자들은 해당 부동산 정보뿐만 아니라 더 많은 정보를 검색할 수 있고, 타 부동산 물건을 성사시켰을 때 5:5 배율로 부동산끼리 중계 수수료를 쉐어할 수 있다.

4. 인력비용을 절감할 수 있다. 물건 등록 및 검색 등을 고객이 직접 하므로 업무량이 절반 이하로 줄어들어서 최소 인력으로 부동산의 운영이 가능하다.

　　부동산을 지나가다 보면 보통 A4종이에 매매나 임대 정보를 프린트해서 붙여놓는 경우가 많은데 실제로 이 정보는 예전 정보를 떼지 않고, 그대로 붙여놓는 경우가 많아서 부동산을 방문해보면 물건이 나갔다든지, 주인이 게을러서 예전 것을 떼지 않고 붙여놓는다든지 하는 경우가 많았다.

또 A4용지로 붙여놓는 정보의 양이 너무 적어서 나에게는 관심 없는 내용들이 대부분이었다. 이런 여러 가지 문제점을 보완하였고, 또한 최저임금도 많이 상승하여 인력의 대체 효과도 있다. 최초 단말기 비용이 부담이 되기는 하지만 초기 비용 투자로 실제로는 몇 배의 이득을 올릴 수 있다.

또 단말기 초기 도입비용은 꽤 비쌀 것으로 추측되나, 단말기 보급이 활성화된다면 분양광고회사 등에서 단말기를 무료로 보급해주고, 자사의 분양광고를 게재할 수도 있겠다.

　　단말기 보급이 시작되면서부터 단말기가 설치된 부동산과 미설치된 부동산이 공존하겠지만 고객들은 단말기가 설치된 부동산에 손쉽게 접근하여 검색, 등록 등의 작업을 할 것은 당연하기 때문에 보급은 의외로 빨리 진행될 수 있겠다. 또한 효과가 나타나기 시작한다면 단말기의 보급은 급속도로 이루어져 생산을 따라가지 못 할 수 있으니 생산을 할 수 있는 시스템을 대량으로도 가능할 수 있게 사전 준비를 철저히 할 필요가 있겠다.

판매목적의 설문조사 사이트

자동차회사, 화장품회사 등 판매목적의 설문조사 서비스

여기서 소개하려는 설문조사 비즈니스는 선거용 리서치와 같이 설문조사에서 끝나는 것이 아닌 판매목적의 상업성이 강한 설문조사이다. 주로 인터넷을 활용한 설문조사일 것이고, 오프라인도 가능하다.

이 설문조사를 의뢰하는 클라이언트는 자사의 상품을 판매하려는 화장품회사, 자동차회사, 렌트카회사, 유아관련 회사, 초고속인터넷회사, 정수기회사, 보험회사 등 영업을 해서 고객을 유치하는 마진이 큰 상품의 판매일 것이다.

예를 들어 외제차를 판매하는 자동차 회사인 경우 설문조사 내용은 다음과 같지 않을까?

물론 기본 전제는 차량 소유자일 것이다.

1.차를 바꿀 계획이 있는가?

2.언제 바꿀 계획이 있는가?

3.선호하는 브랜드는 있는가?

4.현재 타고 있는 차는 어떤 것인가?

5.당신이 알고 있는 벤츠, 아우디 차량보다 획기적으로 낮은 금액

을 제시한다면 구매의향이 있는가?

등 자사의 상품을 팔기 위한 최적의 설문조사 내용을 제시할 것이다.

1000명의 설문조사를 거쳐서 50명이 실제로 자동차 구매까지 이어졌다면 굉장한 성공일 것이다. 외제차의 경우 1억이라고 하면 보통 30%의 마진을 가지고 국내에 들어오는데 그렇게 보면 차량 한 대 당 3천만 원이 남게 되므로 이와 같은 설문조사를 통해 차를 판매한다면 상당한 이윤을 남길 것이다. 물론 판매점 유지비, 딜러수당 등을 빼면 절반 이하로 마진이 줄어들기는 하겠지만 별다른 광고를 하지 않고 단순 설문 조사를 통해서 수 십대, 수백 대의 판매가 이루어진다면 성공적일 것이다.

하지만 인터넷 등의 자료를 찾아본 결과 설문조사를 통한 판매에 대한 논문이나 사례 학술 자료 등을 찾을 수가 없었다. 설문조사를 판매에 적용했던 사례는 많지 않았나 보다.

그러나 이와 비슷한 결과는 있는데 보험의 경우 처음부터 보험을 가입시키는 것이 아니고 자신의 보험료 계산을 호기심 삼아 해보게 권유하는 경우가 인터넷 상에 있다. 이것의 결과는 뜻밖에도 무려 20% 이상이 보험을 가입한다. 물론 소개 계약과 한 사람이 여러 건의 보험을 가입하는 경우까지 포함이다. 이건 정말 놀라운 수치이다.

이런 보험료 단순계산은 어떻게 보면 설문조사 형태와도 같은데 왜 그런가 하면 잠재고객을 끌어내서 가망고객으로 바꾸는 것이 비슷하기 때문이다. 잠재고객은 어떤 액션을 가하지 않고서는 구매할 확률이 0%이다. 이런 잠재고객 중 절반가량을 구매로 이끌어내는 방식이 이런 설문조사 방식이나 보험료계산 방식인 것이다. 그러므로 이런 설문조사 방식은 마케팅에서 중요한 요소로, 바로 잠재고객을 가망고객화 시키는 역할을 해나가기 때문이다.

비즈니스 진행

비즈니스를 하기 위해서는 이런 설문조사 자료를 받을 업체를 발굴하는 것이다. 주로 영업을 위주로 해서 상품을 판매하는 업종이면 된다. 화장품도 괜찮고, 정수기, 초고속 인터넷 등 한 번 구매로 큰 마진을 가져갈 수 있는 업종이어야 한다. 단지 생필품과 같이 마진이 적은 상품들은 손익분기를 넘기 힘들다. 그러므로 한 번의 구매로 몇 십만 원 이상의 이익을 가져올 수 있는 상품 위주가 되어야 할 것이다. 아니면 한 번의 구매가 지속적인 구매를 창출할 수 있는 부류의 상품이어야 할 것이다.

업체를 확보하는 동시에 설문조사를 할 수 있는 인터넷 사이트와 앱 등을 개발해야 한다.

그다지 복잡한 프로그램이 아니기 때문이 짧은 시간 안에 가능할 것이다. 하지만 사업이 잘 돼서 수많은 업체들의 설문조사를 대행할 것을 대비하여 각 업체별로 빅데이터 등을 분류해야 하고, 한

번 리서치를 한 고객에게는 혜택 등도 주어서 회원으로 묶어놓으면 좋겠다. 이런 방식으로 회원을 30만 명이고 50만 명이고 누적해서 모으면 한 번의 설문조사만으로도 많은 가망 고객을 확보할 수 있게 되어 사업을 성공으로 이끌 것이다.

설문조사의 프로세서는 다음과 같이 하면 된다.

업체에서 설문조사 의뢰 => 고객에게 설문조사 실시 => 설문조사 결과를 업체에게 전달 => 업체에서 고객에게 전화컨택 => 상품에 관심 있는 고객에게 판매 => 판매 이익쉐어

이와 같은 과정의 반복이 이루어지며 매출을 창출해나가는 것이다.

수익모델

수익모델은 판매 당, 설문조사 당의 방식이 될 것이다. 판매액의 몇 %를 받는 방식과 설문조사당 몇 %의 수수료를 받는 방식이 주를 이룰 것이다.

설문조사를 할 리서치 대상자를 모으는 방법

그렇다면 설문조사를 할 사람은 어떻게 모집을 할까?

설문조사 콘셉트를 먼저 잡아야 한다.

예를 들어 정수기라고 하면 "최근 트렌드로 떠오른 직수형 정수

기를 어떻게 생각하는가?"라는 이벤트 페이지를 만들어서 고객에게 질문을 던지고 설문조사에 참여한 10명을 선정하여 직수형 정수기를 공짜로 준다. 이런 방식으로 광고 콘셉트를 정해야 하고, 이런 광고는 다음의 형태로 노출해나가면 된다.

1.검색광고

직수형 정수기에 대해 네이버, 다음, 구글 등에 검색광고 등록

2.블로그, 카페, 지식인 광고

해당 이벤트 내용을 자세히 적어서 블로그, 카페 광고를 진행한다.

3. SNS광고

페이스북, 카카오스토리, 트위터 등에 유료로 광고를 올릴 수 있다.

4. 이메일 광고

이메일 광고 대행업체들이 상당히 많다. 몇 백만 명에게 이메일 발송을 할 수 있다. 물론 자사의 회원을 대상으로 하기 때문에 합법이다.

이와 같은 인터넷 홍보 방법들을 동원 한다면 많은 설문조사 결과를 얻을 수 있을 것이다.

폐업중계서비스

폐업할 상점과 창업할 사람과 연결하는 서비스

폐업 중계 플랫폼이란 폐업을 할 사람과 창업을 할 사람을 연결해주는 시스템이다.

폐업을 하게 되면 기자재 등을 거의 1/100 수준으로 헐값에 고물상에 넘길 수밖에 없다. 오히려 중고가격을 고사하고, 기자재 철거비용, 쓰레기 비용을 추가로 더 내야 하는 경우가 더 많다. 또한 창업을 하게 되면 인테리어나 집기 등을 거의 새것으로 사야 하는데 초기 비용이 만만치 않다. 그래서 폐업과 창업을 한 플랫폼 안에 넣어놓고 자유롭게 거래를 할 수 있게 한다면 서로에게 굉장한 도움이 될 것이다.

늘어나는 **폐업자 수**
(단위=만명)

CLOSE

119.1 창업　79 폐업　2015년
122.6 창업　90.9 폐업　2016년

2016년 기준 122만 명이 창업했고, 90만 명이 폐업했다. 창업에 대한 비즈니스 모델은 상당히 많다. 프랜차이즈부터 부동산, 집기, 인테리어, 포스시스템, 보안시스템, 지역광고, 식자재, 간판집 등등 창업을 해야 먹고 사는 기업들이 꽤 많다.

보통 프랜차이즈 커피전문점 15평을 창업하는데 2억 원 정도가 든다. 권리금, 보증금, 시설비 등을 합치면 최소 이정도의 금액을 잡아야 한다. 최소 비용을 들여서 프랜차이즈가 아니더라도 권리금, 보증금은 필수 이므로 1억 원은 자금을 준비해야 가게를 차릴 수가 있다.

하지만 폐업하는 순간 1억 원에서 권리금, 보증금을 제외한 나머지 자본금은 순식간에 허공에 날아가 버리고 만다. 권리금, 보증금을 받을 수 있을 거라고 생각하지만 들어올 임차인이 없다면 바닥 권리금과 보증금조차도 못 건지는 경우가 허다하다.

그러므로 폐업을 하더라도 마지막 힘을 내서 제대로 폐업을 하고 나가야 한다.

길 가다보면 시설이 다 되어있는데 임대구함이라고 가게주인이 써 붙인 문구를 본 적이 있을 것이다. 이것은 권리금이고, 보증금이고 받을 수 없는 경우라고 보면 된다.

그만큼 폐업이라는 것이 중요한데 폐업할 사람과 창업할 사람을 연결해주는 것은 중요한 비즈니스가 될 수 있겠다.

어차피 창업을 한다고 해도 세상에 없는 걸 획기적으로 개발해서 창업하는 경우는 거의 없다. 거의 대부분은 기존 사업과 거의 흡사하다. 커피 전문점을 창업한다고 할 경우 텅 비어있는 맨바닥에서 처음부터 시설을 다 하고, 집기도 새것으로 구매하면서 창업하게 되면 15평 기준 5천만 원 이상이 들어간다. 이럴 바에야 폐업할 커피전문점 인수해서 대충 시설 바꿀 것만 바꿔서 재 오픈하는 게 리스크를 최소한으로 줄일 수 있다.

폐업 통계에서도 봐왔듯이 확률 상으로 3년 이내에 60%가 폐업하므로 창업 리스크를 최소한으로 줄이는 것이 좋다고 하겠다.

비즈니스 방식

비즈니스 방식은 앱과 사이트로 플랫폼 형태로 만들면 된다.

1.폐업할 상점

폐업할 사람은 자신의 상점을 사진을 찍어서 올린다.

상점소개: 서울 마포구 공덕동에 위치한 커피전문점

영업기간: 2년 5개월

평수: xxx원

월세/보증금: xxx 원 /xxx원

권리금: xxx원

보증금: xxx원

시설비: xxx원

자세한 설명: 공덕동에 위치한 커피전문점으로 시설, 집기 모두 처분합니다.

연락처: xxx-xxxx-xxxx

2. 창업할 사람

창업할 사람은 지역, 업종 등을 검색하여 폐업할 상점을 검색하여 직접 전화하여 직거래를 한다.

3.수수료

수수료는 창업할 사람에게 받는 것이 적당하겠다. 한 달 회비 3만 원 정도를 받고 정액제 서비스를 하면 좋을 것이다.

필터교체사업

에어컨, 공기청정기, 정수기, 비데 등 필터만을 정기적으로 교체해주는 사업

가정용 전자기기에는 필터가 의외로 많다. 에어컨, 공기청정기, 정수기, 비데, 자동차에어컨필터, 청소기필터 등 주기적으로 교체를 해야 하는 필터들이 굉장히 많다.

하지만 각 가전제품들은 회사들이 틀려서, 필터 하나 갈기가 쉽지가 않다. 에어컨은 구매할 때 필터가 그대로여서 열어보면 새까만 경우가 대부분이며, 진공청소기도 최초 구매할 때 필터 그대로여서 시커멓게 되어있을 것이다. 비데는 필터가 있다는 것도 모를 것이다.

기껏 필터를 교체한다는 것은 정수기나 공기청정기 정도일 텐데, 공기청정기도 렌탈이 아니라 구매한 경우는 거의 교체를 안 했을 것이다. 그래서 필터만을 전문적으로 교체해주는 비즈니스를 한다면 이런 생활에 불편한 부분들이 많이 해소될 것이다. 또한 말 안 해도 정기적으로 와서 알아서 교체해준다면 더 좋다.

비즈니스 방법

인터넷 사이트 등으로 집에 있는 가전제품들의 모든 필터를 교체해주는 광고를 해서 고객들을 모은다. 이 비즈니스는 각 지역별 지점을 둬야 하는 어려움이 있을 것이다. 하지만 이것은 나중에 진입장벽이 돼서 많은 경쟁업체들의 진입을 막을 것이다.

처음엔 수도권 위주로 몇 개의 지점을 구성해서 사업을 시작하고, 주문 건수가 많아진다면 각 지방 별로 지점을 설치하면 되겠다. 우선 수도권 인구가 절반을 넘게 차지하고 구매력도 지방보다는 좋기 때문에 수도권을 먼저 커버하는 것이 좋다.

주문을 받을 때 가전기기의 제품번호를 같이 받아서 어떤 필터를 준비해야 할지를 알아야 한다. 해당 필터들을 준비한 서비스 기사가 해당 지역의 지점에서 출동하여 가정에 방문하여 가전 기기들의 필터 교체를 하는 것이다.

필터 교체를 한 후 3개월이든, 6개월이든 정기적인 점검 계약을 맺으면 할인을 해준다든지 해서 장기계약을 맺는 식으로 비즈니스를 진행해나가야 한다.

수익모델

1. 필터 교체 비용

해당 가전제품의 필터 값과 공임 비를 받는다.

2. 장기 관리비용

장기계약을 할 경우 할인해주고 3개월~6개월에 한 번씩 방문하여 각종 필터를 교환해준다.

3. 전자기기 판매

 필터 교체를 하다 보면 전자기기 자체가 매우 낙후돼서 전기료가 많이 든다든지 필터 자체가 없다든지 하는 경우 전자기기 자체를 판매할 수 있다. 또 정수기 같은 경우도 요새 새로 나온 직수형 정수기로 교체를 권한다든지 해서 기기 판매 수익을 거둘 수 있다.

이와 같이 정기적인 케어를 필요로 하는 사업은 굉장히 사업성이 있다. 코웨이 정수기 같은 경우도 정수기를 관리해주는 코디들이 신규 정수기를 추천해준다든지 해서 코웨이 매출의 절반 이상을 올리고 있다고 한다. 그 정도로 고객과 정기적인 만날 수 있는 사업은 굉장한 시장을 보유하고 있는 사업으로 굉장히 많은 이익을 거둘 수 있다.

헬퍼 호출서비스

카카오택시 방식의 열쇠수리, 에어컨고장, 하수구막힘 등의 호출서비스

이 서비스는 카카오택시나 우버 서비스나 에어비앤비 와 같은 O2O 서비스의 한 가지로 호출을 하면 가까운 반경에서 대기하고 있는 헬퍼들의 도움을 받을 수 있는 서비스이다.

예를 들어 하수구가 막혔을 때 '하수구 막힘'을 선택하고 호출 버튼을 누르면 근거리의 헬퍼와 연결이 가능하고 비용 등의 문제를 논의 후 헬퍼의 도움을 받을 수 있는 방식이다.

헬퍼의 항목은 계속 추가를 할 수가 있는데, 예를 들어 열쇠수리, 컴퓨터고장, 가전제품고장, 전기누전, 에어컨청소, 매트리스청소, 변기막힘, 천장누수 등등 무수히 많다. 이런 항목은 필요에 따라 지속적으로 추가해 갈 수 있다.

기존에는 하수구가 막히면 모아놓은 전단지 연락처를 찾는다든지 벼룩시장신문을 뒤진다든지, 찾기가 힘들 뿐만 아니라 연락이 닿는다 해도 며칠 있다가 수리를 하러 온다든지 불편한 점이 여간 많지 않았다. 문제는 그 수리공들이 부재중이라든지, 다른 지방에 일을 보러 갔다든지 하는 여러 가지 경우의 상황에 처해있을 수 있기 때문이다. 그래서 참 불편한 경우가 많았었는데 이런 점들을 해소하기 위해 헬퍼 호출서비스가 필요한 것이다.

다음은 스마트폰 상에서 간단히 헬퍼 호출 서비스 아이템을 구상해본 것으로 기초 단계의 화면 구성이다. 이용자들은 필요한 항목을 누르고 헬퍼를 호출할 수 있다. 근거리의 헬퍼는 수락을 할 수 있으며 비용, 출동시각 등의 문제를 흥정할 수 있다.

시스템의 구성

1.헬퍼의 모집

우선적으로 할 일은 각 분야별 헬퍼의 모집이다. 당장 각 분야별로 하기가 힘들면 한 가지 분야씩 모집해서 카테고리를 추가해가는 것이 좋을 것이다.

2.시스템의 구성

고객용 앱

고객은 자신이 필요한 항목을 선택 후 호출을 한다. 상대가 수락을 하면 금액, 출장시각, 현재 상태 등의 문제를 논의 후 결정을 한다. 호출 항목이 '하수구 막힘'이라고 가정하면 수리기사가 고객과 전화상의 합의 과정을 거친 후 현장 실사 방문을 한다. 대략적인 견적금액을 제시 후 공사가 들어간다. 공사가 끝나면 해당 비용을 받는 식으로 하면 되겠다.

헬퍼용 앱

헬퍼는 자신의 전문분야 등을 기재 후 본인 인증을 거쳐 헬퍼로 등록할 수 있다. 헬퍼로 활동할 수 있는 현재 상태를 기재하게 되면 고객들의 호출을 받을 수 있다. 고객이 호출을 하고, 자신도 출동을 할 수 있으면 수락을 한다. 수락 후 금액이나, 출동 가능시각 등을 논의 후 출동을 한다. 상태를 점검 후 대략적인 금액적인 합의를 한다. 수리가 완료되면 해당금액을 수령한다.

수익모델

수익모델은 수락 당 1000~10000원 등으로 현실적인 액수를 정하면 되겠다. 마진이 좋은 호출 같은 경우는 더 많은 금액을 헬퍼에게 요구할 수 있을 것이다.

이 비즈니스의 장점은 필요한 헬퍼 서비스를 무한대로 추가할 수 있는데 장점이 있다.

예를 들어 아이폰수리, 도배, 새집증후군제거, 페인트칠, 쇼파시트교체, 입주청소, 필터교체, 프린터고장, 전화기고장, 에어컨교체 등등 헬퍼로 필요한 항목은 무한대로 늘릴 수가 있는 것이다.

갈수록 일자리를 컴퓨터나 로봇이 대체해나가고 있지만, 선진국 같은 경우 단순 업무는 로봇에 대체해나가지만 휴먼케어쪽 사업은 갈수록 커지고 있다고 한다. 휴먼케어란 사람을 케어해주는 서비스를 말한다. 사람이 사람을 돕는 서비스로 해석해도 좋겠다. 이런 헬퍼 서비스 같이 사람의 도움을 필요로 하는 산업은 폭발적으로 성장하고 있다는 것이다.

로봇이 사람을 대체해서 일자리가 줄어들 것이란 우려가 있지만 기존에 변화되어 왔던 추세를 보면 전혀 그렇지 않다고 본다. 또 다른 새로운 일자리가 생기기 때문이다. 예를 들어 설명 하자면 과거에는 집을 철거할 때 수십 명의 사람이 해머로 집을 부수었다. 하지만 요새는 1대의 포클레인으로 충분하다. 큰 건물인 경우 폭약으로 1초 만에 건물을 철거한다.
그럼 그 많은 사람들은 놀고 있을까? 실제로 그렇지가 않다. 어딘가에 가서 일을 하고 있다. 일자리가 가장 많이 늘어난 분야는 아무래도 사람을 케어하는 분야 일 것이다. 그러므로 헬퍼와 같은 분야는 앞으로 성장이 무궁무진하다고 볼 수 있는데 독일이나 프랑스와 같은 선진국의 사례를 보면 실제로 알 수 있을 것이다.

호텔, 모텔, 펜션 예약 O2O모델

야놀자와 같은 호텔, 모텔, 펜션, 액티비티 중계사이트

현재 한국의 숙박앱 시장은 여기어때와 야놀자가 점유율 1,2위로 늘려 나가고 있다. 이 비즈니스가 해볼 만한 이유는 따로 있다. 카카오나 네이버 같은 대기업이 회사 이미지 관리상 모텔 사업에 진출을 안 할 것이기 때문이다.

여기어때 대표도 이 부분을 처음에 고민하고 이 시장에 진출했던 것이다. 그러므로 이 시장은 절대 강자가 없는 시장이 되어서 또 언제 새로운 강자가 나타날지 모르는 시장이다.

여기어때의 2017년 매출은 이미 518억 원을 달성했고, 영업이익 또한 60억을 넘겼다. 쿠팡이나 직방, 다방, 티몬 등은 벌써 오래전에 서비스를 했는데도 불구하고 손익분기점을 넘지 못한 것에 비하면 굉장한 수익모델이라고 할 수 있다.

이렇게 오픈한지 얼마 안 되서 성공하기란 힘들기 때문이다. 그만큼 이익률이 괜찮다는 의미이기도 하다. 보통 O2O서비스들이 10% 정도의 수수료를 받는 점을 감안한다면 거래액은 작년 5천억 원이 넘었다고 추론해볼 수 있다.

여기다 한 술 더 떠서 야놀자 같은 경우는 투자 받은 자금으로 모텔, 호텔업을 직접하고 있다. 호텔을 투자 받아서 직접 인수해서 운영하고 투숙객들은 자사의 광고를 통해서 유치한다면 굉장한 수익을 가져올 수 있겠다. 경영난에 허덕이는 호텔을 인수하여 구조 변경 후 정상화시켜서 2배 이상의 가치로 판다 해도 100억대 이상의 이익을 남길 수 있으리라.

경영난에 허덕이는 골프장을 인수하여 예약을 꽉 채워서 2배 가격을 받고 되파는 형국이랑 비슷해 보인다. 이만큼 온라인의 영향력은 막강해졌고, 모든 오프라인 사업의 주도권을 쥐고 갈 수 있을 것이다. 회원 100만이고, 200만이고 온라인상에서 확보한 후에 오프라인 사업을 진행한다면 정말 무서울 것이 없는 회사가 될 것이다.

여기어때 같은 경우는 숙박업 중계가 포화 상태가 될 것을 예상하고 액티비티 분야까지 진출해서 성공을 거두었다. 국민소득이 올라가면서 여행, 레저를 즐기는 인구가 늘어나 수요는 더 폭발적일 것이다. 이런 액티비티 시장도 모객 수수료는 10% 전후로 받을 수 있으므로 추가적인 많은 수익 발생이 기대되고 있는 바이다.

비즈니스 진행

비즈니스의 진행은 잘 알려진 바와 같이 우선 숙박업소, 펜션, 액티비티 서비스를 하는 업체들과 연계를 해나가야겠다. 이 과정은 몇 달이 걸릴 수가 있겠다. 이미 한 번씩 업체들도 경험을 해왔기 때문에 후발 주자들이 업체와 제휴를 하는 건 그다지 어렵지 않을 것이다. 업체들도 이제 충분히 인식을 하고 있기 때문이다.

다른 한편에서는 앱 개발을 해야 하는데 기존 숙박앱과 비슷하게 우선 개발을 하면 되겠다.

수익모델

보통 O2O 서비스의 중계 수수료는 10% 전후를 기본으로 보면 되겠다. 국내 시장 전체를 다 장악하려면 수수료를 10년간 무료로 하면 되지 않을까? 물론 아마존 같이 지속적으로 투자자들이 밀어준다는 가정 하에 일을 벌여야 할 것이다.

배달의 민족도 비슷한 상황에 처해서 수수료를 무료로 오픈하지 않았는가.

대신 월 회비를 받는 방식을 채택했고, 상위 등록 방식으로 손실을 다 메우고도 업체 마진은 1위를 달리고 있다. 아니면 야놀자와 같이 적은 거래량에도 많은 이익을 남길 수 있는 시스템으로 가려면 투자를 받아 숙박, 콘도, 모텔, 펜션 등을 인수하면 될 것이다.

또 베트남이나 중국이나 해외로 진출 하는 방법도 나쁘지 않다. 투자자만 받쳐준다면 국내에서 성공한 모델을 가지고 아직 O2O 가 활성화되지 않은 동남아시아 등지로 진출해보는 것도 나쁘지 않다.

홀세일 방식의 여행사

로컬여행사와 여행사대리점을 중계하는 도매 개념의 여행사

국내 여행사 매출 규모 1, 2위는 홀세일 방식의 하나투어와 모두투어이다. 홀세일 방식이란 판매자와 소비자를 연결해주는 일종의 허브 역할을 하는 '도매 B2B' 사업 모델이었다.

하나투어는 하부에 판매 대리점만 2000개 가까이 되고 전국 8천개가 넘는 협력사로 운영되는 국내 대표 여행사로 성장하였다. 결국 홀세일 방식의 여행 비즈니스가 시장을 장악한다고 볼 수 있다.

홀세일 여행사의 비즈니스 모델은 여행사에서 실제 여행상품을 만든 현재여행사(랜드 여행사)의 상품을 직접 판매를 하는 것이 아닌 하부 여행사를 모집을 하여 판매 위탁을 한다고 보면 된다. 보험사 비즈니스와 비슷한데 보험사도 보험대리점들을 모집하여 자사의 보험 상품을 하부 대리점에서 판매하는데 이와 유사한 형태의 운영방식이다.

홀세일 여행사에서는 계속 현재 여행사와 항공사를 조인시켜서 패키지로 여행상품을 만들어 내는 역할을 하고 판매 대리점들은 단지 판매만 하는 방식이다. 결국 생산과 유통을 각기 따로 하는 걸로 보면 된다.

다른 사업들은 생산과 유통을 한 회사가 하는 경우가 승자가 되는 경우가 많은데 여행사 비즈니스는 생산과 유통을 달리 하는 방식이 최후의 승자가 되었다. 생산과 유통을 각기 분리하면 각각의 회사는 마진을 가져가야 하기 때문에 단가가 오를 수밖에 없다. 그래서 직판 여행사들이 많이 생겨나고 있지만 역부족이다.

왜 이런 현상이 생기는지는 이와 유사한 보험 사업에서 힌트를 얻을 수 있는데, 보험사업도 라이나 생명과 같이 보험사가 직판만 하는 보험사들도 있다. 반면 메리츠화재나 현대해상, 동부화재와 같이 직판도 하지만 많은 대리점들을 모집해서 사업을 하는 경우가 있는데 결국 대리점위주의 비즈니스를 펼친 보험사들이 더 사업이 잘 되고 있다.

이런 형태의 사업은 대리점 위주의 사업자가 더 잘 되는 이유는 대리점들이 이들 브랜드의 홍보역할을 해줘서 저절로 브랜드 가치가 올라가는 것과 대리점들은 더 적은 사업비로도 많은 판매를 할 수 있는 두 가지 이유를 들 수 있겠다.

그러므로 여행 사업 중 홀세일 방식의 사업을 하는 것이 더 빨리 성장할 수가 있다.

비즈니스 진행

직판여행사 운영 경험 없이 홀세일 방식의 여행사를 처음부터 하기는 무리가 있다. 여행 사업이라는 것이 현재여행사만 조인시켜서 될 문제가 아니고 항공회사와의 유대관계도 중요하기 때문이다. 항공발권을 원활히 하는 것이 생각보다 복잡하기 때문이다.

그래서 홀세일 방식의 여행사를 염두에 두고 있다면 먼저 직판 여행사를 1년이라도 운영 후 노하우를 쌓아서 홀세일 방식으로 하부 대리점을 모집하면 된다. 처음부터 하부 대리점 모집이 힘들면 그냥 판매전문 여행사들에게 자사의 여행상품을 제휴하면 된다.

수익모델

1. 여행상품 판매의 도매마진

여행패키지 상품은 보통 10~20% 전후의 마진을 책정하여 상품을 만든다. 예를 들어 마진율이 18% 라고 가정하면 10%는 자사의 운영비로 쓰고, 그 중 8% 정도를 판매 대리점에 내려주는 방식으로 운영된다. 오히려 홀세일 여행사가 마진율은 더 가져간다.

홀세일 여행사는 로컬여행사도 개척해야 하고, 항공사와도 조인해야 하고 민원 같은 것도 책임져야 하지만 판매 대리점들은 그냥 판매만 하면 되기 때문에 대략 이정도의 마진율이 평균적으로 책정되고 있다.

2. 브랜드 사용료

또 판매 대리점에 브랜드 사용료를 받을 수 있다. 브랜드 사용료가 월 10만 원이고 판매 대리점 수가 1000개라고 하면 월 1억 원의 브랜드 사용료를 별도로 받을 수 있어서 좋다.

3. 항공권 판매 수수료

예전에는 여행사의 주 수입원이기도 했는데 중간에 항공권 판매 수수료가 없어지는 바람에 도산한 여행사들이 많다. 하지만 최근 들어 이 수수료의 부활을 두고 항공사와 여행사간에 첨예한 대립을 하고 있다. 여행사의 항공권 판매액이 워낙 크다보니 서로 조금도 양보 할 수 없는 영역이다. 하지만 일부 큰 홀세일 대형 여행사들은 이 수수료를 암암리에 받을 것으로 추정한다.

홀세일 여행사의 장단점

장점

1. 저절로 브랜드 홍보가 된다.

특별히 광고를 하지 않아도 판매 대리점들이 판매를 하는 과정에서 회사 설명을 해주기 때문에 판매 대리점이 많으면 많을수록 브랜드가치가 올라간다. 또 전속 판매 대리점들은 판매를 위해 온라인 홍보도 많이 해주기 때문에 광고가 저절로 되는 경향이 있다.

2. 판매에 들어가는 고정자산 비용을 절감할 수 있다.

판매를 위해서는 사무실도 차려야 하고, 광고비도 써야 하는데 모든 비용의 부담은 판매 여행사에서 부담을 하기 때문에 자본금이 많이 절약이 된다.

3. 판매를 대행해주기 때문에 여행상품 개발에만 전념할 수 있다.

좋은 상품만 개발하면 판매는 판매 대리점에서 알아서 해주기 때문에 판매에 대한 부담을 덜 수 있다.

단점

아무래도 관리 부실에서 오는 사고들이 많다. 직영체제가 아니다 보니 교육내용이나 업그레이드되는 내용들이 모든 판매 대리점에 전달이 안 되는 경우가 많아 부실 판매의 위험이 커지고 있다. 홀세일 여행사들의 부실한 대리점 관리체계는 이전부터 꾸준히 지적되고 있는데 너무 판매에만 집중하는 문제점들도 있고, 대리점이 늘어난 만큼 본사 관리인력 충원이 따라가지 못하는 점도 있다.

또 현지에서의 사고도 문제다. 대형 여행사들의 현지에서의 크고 작은 사고들이 뉴스에 가끔씩 나오고 있는데, 워낙 많은 여행상품을 판매하다 보니 여기서 발생하는 각종 사고들도 비례해서 늘고 있다. 하지만 이런 사고들의 책임을 본사에서 져야 하기 때문에 브랜드 이미지 실추까지 이어질 수 있어 문제다.

홈쇼핑상품 판매전문 쇼핑몰

홈쇼핑 광고가 나간 상품만을 전문적으로 취급하는 쇼핑몰

홈쇼핑에 방송된 상품을 전문적으로 판매하는 인터넷 쇼핑몰로, 고객이 홈쇼핑을 보고 사려다가 구매를 놓친 상품을 전문적으로 판매하는 비즈니스다.

사실 이 비즈니스는 이미 홈쇼핑 상품업체들의 루트를 알고 있는 일부 업체들이 하고 있는 사업이다. 여기서 다시 소개하는 이유는 이 사업이 꽤 괜찮기 때문이다. 더군다나 인터넷으로 홈쇼핑에 방영된 상품을 구매 시 5~10% 할인된 가격으로 살 수 있다. 꽤 괜찮은 사업임에도 이런 비즈니스가 있다는 걸 알고 있는 사업자가 별로 없고, 물건을 공급받을 업체를 구하기가 힘들어서 블루오션으로 남아있는 사업 아이템이다.

이 사업을 했던 업체의 얘기를 들어보면 처음에는 상품 런칭하기가 매우 힘들었다고 한다. 그래서 홈쇼핑에 방영된 업체를 일일이 수소문해서 찾아가서 거래를 트기 시작했다고 한다. 보통 홈쇼핑을 통해서 사업을 하는 업체들은 홈쇼핑만 하기 때문에 하던 업체가 상품만 바꿔서 하는 경우가 많다. 그러므로 굉장히 많은 업체가 있는 건 아니고 몇 백 개 업체가 돌아가면서 제품을 바꿔서 런칭을 하기 때문에 생각보다 업체들이 방대하게 많지는 않다. 일단 거래를 터서 상품을 올려놓고 물건이 팔리기 시작하면 그 다음부터는 홈쇼핑에 방영될 업체들이 알아서 먼저 찾아온다. 이런 단계까지 오기가 고비이기도 하다. 그만큼 초기에 물건 잡기가 힘든 비즈니스이다 보니 발로 뛰어야 한다. 그런 이유가 장점이기도 한데 진입하는 사업자들이 많지 않은 것이다. 과정들이 너무 복잡하다 보니 진입장벽이 생겨 진입이 어려워 진 것이다. 하지만 일단 이 시장에 진입을 해서 굴러가기 시작하면 그 다음부터는 경쟁도 치열하지 않고 수월하게 일이 풀린다고 보면 된다.

비즈니스 방식

일단 홈쇼핑 방영업체에서 제품 사진과 가격과 상세정보를 넘겨주면 받아서 사이트에 올려놓는다. 광고를 해서 주문이 들어오면 주문내역을 홈쇼핑 업체에 실시간으로 전달해주어야 한다. 마진은 약 30~40% 정도로 보면 되고, 물건 판매 후 홈쇼핑 방영업체에서 정해진 날짜에 대금을 지급해주는 방식으로 진행된다.

인터넷에 올리는 상품은 홈쇼핑보다 5~10% 싸게 올려놔도 된다. 원래는 동일 가격으로 판매해야 하지만 이 정도 할인된 가격은 모른 척 그냥 넘어가주는 것 같다.

해당 상품이 홈쇼핑에 방영이 되기 전에 방영시간대를 정보를 받고 해당 상품에 대한 키워드를 네이버, 다음, 구글에 미리 등록을 해야 한다. 방영과 동시에 인터넷 검색이 시작되므로 방영 전에 키워드 작업을 끝마쳐야 한다. 예를 들어 '주름잡는 보토닉스'가 홈쇼핑 방영이 잡혀서 방영예정이라고 한다면 미리 하루 이틀 전에 키워드 등록 작업을 끝마쳐야 한다. 고객이 상품명을 잘못 알고 유사상품명으로 검색할 수도 있으니 유사한 키워드까지 모두 등록 작업을 해놓아야 한다.

홈쇼핑 방영이 시작되면 키워드 검색이 시작되는데 일부 고객들은 인터넷에서 이미 5~10% 할인된 금액으로 판매를 하고 있다는 것을 알기 때문이다. 또 다른 부류의 고객은 홈쇼핑에서 전화로 주문하는 것보다 인터넷으로 간편하고 보고 결제를 하고 싶어 한다. 그 외에도 홈쇼핑 상품을 기억해뒀다가 생각이 나서 인터넷을 검색해서 결제하는 경우도 많다.

이렇듯 홈쇼핑에 방영된 상품을 업체와 조인하여 인터넷에 올려놓고 동시에 판매하는 방식은 꽤 해볼 만한 가치가 있는 사업이다.

망한다 하더라도 재고를 미리 구매해서 배송하는 방식은 아니라서 별 부담도 없다.

수익모델

-일단 홈쇼핑 방영업체에서 받는 30-40%의 상품 판매마진이 있다.

홈쇼핑 상품만으로는 거의 원가에 판매할 것 같이 광고를 하는데 이렇게 마진을 많이 주는 줄은 몰랐다. 사업을 하는 입장에서 홈쇼핑을 봐도 남는 게 없다고 생각이 들 정도니 말이다.

- 인터넷 사이트 회원대상으로 신규 런칭하는 홈쇼핑 상품을 광고해서 수익을 낼 수 있다.

일단 물건을 인터넷 사이트에서 구매하게 되면 개인 정보를 남길 수밖에 없는데, 그 회원들은 나중에 큰 재산이 된다. 신규로 런칭하는 상품이 있을 때마다 기존 고객들에게 구매를 타진해볼 수 있기 때문이다. 홈쇼핑에서 물건을 구매하는 사람은 계속해서 홈쇼핑에서 물건을 구매할 확률이 높을 뿐만 아니라 유사한 종류의 상품을 구매할 확률은 더 높다. 그러므로 기 고객에 대한 마케팅은 마케팅의 교과서에도 나오듯이 필수라 하겠다.

-홈쇼핑 상품 판매의 플랫폼 역할을 할 수 있다.

이런 방식으로 홈쇼핑 물건 판매가 사이트에서 활성화된다면 판매 업체들은 홈쇼핑 방영을 하기 전에 플랫폼에 먼저 제품을 등록할 것이다. 실제로 잘나가는 인터넷 사이트에는 지금 그렇게 하고 있다. 인터넷에서 판매되는 물량도 무시를 못하므로 인터넷에 등록하는 것도 매우 중요하게 생각한다.

화물지입차 중계 운수회사

화물차가 필요한 회사와 지입차주를 연결해주는 운수회사

지입차 제도란 허가된 종합운수회사에서 영업용 번호판을 임대하고 본인 명의로 된 지입차량에 설치하여 물류 운송하는 것을 말함.

자세히 설명하자면 자신이 소유한 차량을 운수회사 명의로 등록해야 하는데 개인이 화물차를 구매한 뒤 운수회사의 영업용 번호판을 임대해서 기업체의 물류운송을 해주는 방식이다. 국내의 큰 물류기업인 대한통운, 로지스틱스 등도 물류에 쓰이는 화물차는 회사 소유가 아니며 개인이 보유한 차량을 지입한 것이다. 이 금액만도 몇 천억 원이 들 텐데 회사 입장에서는 기본 자본금을 절약할 수 있어서 좋다.

차량지입제도가 활성화된 것은 IMF 이후로 지금은 화물차시장의 95% 이상이 지입제라고 보면 된다. 화물차가 필요한 회사로써는 초기 자본금 없이 차량을 유지할 수 있고, 운전자에게도 정규직 급여를 주지 않아 좋다. 또 유류비횡령 등 여러 가지 문제점도 걱정하지 않아서 좋다. 또한 화물차주도 자신의 차량을 빌려주고 자신도 고정된 일자리가 생겨서 좋다. 또 수입도 기존의 월급

제 운전사보다는 높다고 할 수 있겠다.

지입차 중계 프로세서

지입차 사업은 두 가지의 영업이 서로 충족이 되어 시너지를 발휘해야 하는데,

첫째, 화물차를 쓸 업체들을 지속적으로 발굴하는 것이다. 가능하면 부침 없이 고정으로 오랫동안 거래해줄 수 있는 업체면 최상이다.

둘째로 지입 기사들을 모집하는 파트이다. 지입기사들을 소개나 광고를 통해 꾸준히 모집할 수 있어야 한다.

이 두 가지를 잘 할 수 있으면 이 사업은 어느 누구보다 잘 할 수 있는데, 이 두 가지 영업이 광고와 연관이 된다. 인터넷 광고를 잘 하는 회사라면 도전해볼만 하다.

O2O 사업으로 제격인데, 인터넷 업체들 중에 이런 형태의 사업조차 있는지 모르는 경우가 대다수일 것이다. 다들 O2O 분야로 사업할 것이 없을까 찾고 있을 텐데 이와 같이 그다지 알려지지 않은 분야는 경쟁자도 적고 해볼 만한 사업이다.

기존에 카카오택시가 오픈하기 전에 오프라인에 콜택시 중계 사업이 어느 정도 호황을 누리고 있었듯이, 이런 화물차 지입중계업도 O2O 사업의 활성화와 함께 사라지지 않을까 한다.

화물지입차 전문 운수회사 설립

1. 법인을 설립하고 요건을 충족해서 허가증을 받아 사업자 등록을 하는 방법

-자본금 1억 이상의 법인 등기를 하고 영업용화물차 1대 이상을 양도양수 계약서를 체결하여 차량등록사업소나 교통행정과에 차고지증명서와 함께 화물자동차운송사업 허가를 신청하는 방법

2.기존 법인을 인수하는 방법

-요새는 신규 허가증을 거의 내주지 않기 때문에 기존 법인을 인수하는 게 현실적인 방법임.

차량 1대 이상 등록되어 있는 화물자동차운송법인을 매입하여 명의를 변경하는 방법인데 최소 4천만 원 이상의 비용이 들어감.

수익모델

지입료 매월 20~25만 원선이다. 월 20만 원 수수료를 연간 수수료로 따지면 240만 원 이 되므로 한건만 지입 연결을 해줘도 꽤 많은 수익을 거둘 수 있다. 100건이면 단숨에 2억 4천만 원의 수입이 생기는 꼴이다.

게다가 지입차 간에 매매가 이루어질 때 추가적인 매매 수수료를 남길 수 있는데 1톤 화물 거래 시 2백만 원 정도의 매매 수수료가 업계 관행인 것 같다.

죽이는 사업아이템 62가지

지은이 김승현

1판 1쇄 발행 2018년 10월 1일

저작권자 김승현

발행처 하움출판사
발행인 문현광
교 정 성슬기
디자인 강태연
주 소 광주광역시 남구 주월동 1257-4 3층 하움출판사
ISBN 979-11-88461-57-8

홈페이지 www.haum.kr
이메일 haum1000@naver.com

좋은 책을 만들겠습니다.
하움출판사는 독자 여러분의 의견에 항상 귀 기울이고 있습니다.